秋谷幸治 著

白居易文学論研究

―伝統の継承と革新―

汲古書院

序

秋谷幸治くんは、二〇〇九年一〇月末日、大東文化大学大学院文学研究科に博士号請求論文「白居易文学論研究―伝統の継承と革新―」を提出し、二〇一〇年三月に博士（中国学）の学位を取得した。本書はその学位論文をもとにして一書としたものである。

序章では、今回の研究の動機とその目的について述べている。白居易は中唐時代の傑出した詩人で、「新楽府」「長恨歌」を初めとする数多くの名篇を世に残している。しかし、白居易は詩文の作者であっただけではない。優れた文学理論家でもあった。詩の序文や手紙文あるいは対策文などにおいて、文学に対する自身の考え方を数多く表明している。

盛唐時代の李白や王維もすぐれた作品を多数制作したが、文学について論じたものは数えるほどしかない。一方、中唐時代の皎然はすぐれた詩歌理論書『詩式』を著したが、実作においては振るわなかった。それに対して実作と理論の両面において優れた作品を遺した白居易は特異な存在であったと言うことができる。そうであるにもかかわらず、白居易研究の大半は実作（作品）についてのものばかりであり、文学論についての研究はあまり行われてこなかった。このことが秋谷くんの今回の研究の動機である。そして秋谷くんは、白居易が文学論で主張した内容やその意味するところをその時代の文学状況に即して解明することを今回の研究の目的としている。

第一章「日本と中国の白居易文学論研究の概要と問題点」は二節からなっているが、全体として日本および中国において白居易の文学論がいかに研究されてきたかを概観し、これまでの研究の問題点を指摘している。そして、それらの検討を踏まえて、白居易文学論に対する自らの研究態度と方法について述べている。

第一節「日本における白居易文学論研究」では、鈴木虎雄氏・興膳宏氏・静永健氏の研究に対して検討を加えて、これら三氏の研究には二つの問題点があると指摘する。第一は、白居易の文学論には言説間に矛盾があり、主張が一貫していないと述べていることである。第二に、文学論で述べた通りには実作が作られていないと批判していることである。

以上の二点から、鈴木・興膳・静永の三氏は白居易の文学論には彼の「真意」が表明されていないと考えているが、三氏のこのような判断に対して秋谷くんは、それは妥当なものではないと言う。第一の点に対しては個々の言説の背後に通底している「思想」を捉える視点が欠如しているとし、第二の点に対しては実作と理論の矛盾を指摘することはそもそも文学論の研究ではないとしている。

次に第二節「中国における白居易文学論研究」では、民国から現代に至るまでの中国における白居易文学論の研究史を概観し、その問題点を指摘している。秋谷くんによれば中国では白居易の文学論をマルクス主義文芸理論の立場から「正しい」か「正しくない」かという観点で議論されてきたとのことである。そして文学論そのものを扱うこと、時代に即して研究すること、この二点を自らの研究態度とすると述べている。

第二章「伝統の継承にまつわる白居易の文学論」では、「美刺」という文学のはたらきに対する白居易の考え方について論じている。白居易は当時の荒んだ文化を正すために詩経への回帰を主張したが、白居易が特に重視したのは詩経に備わっていたとされる「美刺」のはたらきである。この章では、「采詩の官」という官職と「律賦」という文体《ジャンル》についてのさまざまな言説を分析することによって「美刺」のはたらきに対する白居易の考え方を解明している。

第一節「「采詩の官」にまつわる言説について」では、「采詩の官」について述べた言説の分析を通して、文学のもつ「美刺」のはたらきに対する白居易の考え方が青年期から晩年期へどのように変化したかについて論じている。そして、白居易は青年期から晩年期まで一貫して文学のもつ「美刺」のはたらきを重視しているものの、青年期では「美刺」の中の「刺（諷刺）」の面に重点を置き、晩年期になると「美（賛美）」の方を重視するようになると結んでいる。

第二節「律賦と科挙の詩文にまつわる言説について」では、律賦を否定する韓愈・柳宗元らの古文派と、律賦を肯定する白居易・元稹ら新楽府派の考え方の違いが何に基づくものであるのかについて検討している。古文派と新楽府派はともに、詩文に「美刺」の内容を込めることが最も大切だと考えていた。また、ともに当時科挙に課されて作られた詩文は「美刺」を蔑ろにしていると批判していた。すなわちこの二点は当時の士大夫の共通の意識であったと考えられるのである。ただ、古文派は科挙に課される律賦のような文体には「美刺」を込めることなどできないとして律賦を強く否定し、一方、白居易ら新楽府派は律賦にも「美刺」を込めることができるとして肯定している。秋谷くんはこのような結論を導き出している。

第三章「伝統の革新にまつわる白居易の文学論」では、律賦の形式を用いて当時の律賦そのものを批評した「賦の賦」という作品について詳細に検討を加えている。

第一節「「賦の賦」の限韻「賦者古詩之流」について」では、「賦の賦」の限韻である「賦者古詩之流」の内容を理解するために、漢代から唐代に至るまでの賦論の中で詩経と賦の関係がいかに論じられてきたかを調査している。そして、秋谷くんは次のように述べる。いずれの賦論も賦の源は詩経であるとしているが、その中には詩経の「継承」に重点を置いたものと「発展」に重点を置いたものがあること、そして継承に重点を置いたものは、賦が発展していく過程において詩経の精神が失われていくことを危惧し、伝統への回帰を主張しているのに対し、「発展」を重視したものは詩経と賦の相違を明らかにし、詩経にはない賦独自の特徴を強調しようとしていた、と。

第二節「「賦の賦」で述べられる賦観について」では、第一節での検討を踏まえて白居易の「賦の賦」の検討を行っている。その結果、秋谷くんは次のように結論する。律賦は詩経の伝統に則ってはいるもののそれだけでなく、その伝統を超えるものでもある、そのように白居易は主張している、と。すなわち、白居易は当時の衰えた文化を打ち破って新たな文化を築くために、新興文学としての律賦の「革新」としての意義を重視したとしているのである。

これまでの第二章・第三章で、秋谷くんは、伝統の「継承」を重視するところには、国家の疲弊にともなう文化の乱れを伝統に則って正そうとする白居易の態度が見て取れ、それに対して伝統の「革新」を重視するところには、新興士大夫として新たな文化を築こうとする自負が現えるとし、伝統の継承と革新という一見相反する二つの意識が、青年期の白居易の文学論の機軸になっているとしている。

さて、白居易は四十四歳で江州に左遷されるが、左遷の前後でその詩観が大きく変化したことが知られている。そこで秋谷くんは、第四章「左遷前と左遷後の詩観の変化」において、白居易自身が行った所謂「詩集四分類」の再検討を通して、左遷前後の詩観の変化の内実を明らかにした。

秋谷くんによれば、「詩集四分類」は次のような二組の対立した基準に基づいて分けられているという。一組目の対立する基準とは、従来の価値観から「逸脱」しているか、それともそれを「踏襲」しているかということであり、二組目は、広く世間に向けたものであるのか、狭く身内に向けたものであるか、ということである。白居易は江州左遷以前は、従来の価値観から逸脱しているという基準ならびに広く世間に向けたものであるという基準を重視し、これら二つの基準に合致する所謂「諷諭」詩を多く作った。これに対して江州左遷以後は、従来の価値観を踏襲しているという基準ならびに身内に向けたものであるという基準を重視するようになる。したがって、左遷後はこの二つの基準に合致する「雑律」詩を多く作るようになる。秋谷くんの以上のような分析結果はこれまでの論考にはなかった斬新なもので、説得力がある。

終章では、各章で論じた内容をまとめ、今後の課題を提示している。

本書の評価すべき点は次の二点にまとめることができる。
一、日本で初めての本格的な論考であること
二、総合的に論じたものであること

すでに述べたように白居易の文学作品に関する著書・論考は数え切れないほどある。しかし、その文学論についての研究は寥々たるものである。しかも、本書のような紙数を費やしてさまざまな面から論じたものは、日本においては秋谷くんの今回の著書が初めてである。このことは高い評価に価する。また、これまでの論考では、せいぜい二三篇の文章の断片的な記述のみを取り上げて論じられるに過ぎなかった。しかし、本書では、詩の序文、手紙文、科挙の課題文（対策文・律賦）など、さまざまな文章における言説を全体として取り上げ、それらに対して総合的に検討を加えている。

今後の研究課題としては次の二点を挙げることができる。

一、白居易後半生の文学論を探求し、白居易の文学論の全体像を示すこと

二、文学論と実作との関係を解明すること

本書は、白居易の後半生の文学論に言及はしているものの、まだそれを正面からは扱っていない。秋谷くんが第四章で指摘しているように、江州左遷を期に白居易の詩観は大きく変化する。後半生の文学論は、前半生のそれと著しく異なっていると推察される。その一方で、その底には生涯を貫くものがあったこともおそらく間違いない。白居易の文学論は、その生涯において如何に一貫し、如何に変化したのか。このことが今後の課題として残っている。

秋谷くんが第一章で言及しているように、実作の中には確かに理論にそぐわないものがある。そのため、理論には「真意」が書かれていないとする研究者がいるのである。しかし、秋谷くんが言うように実作と理論は別のものであり、まずは現にそこにある白居易の理論についての言説をそれ自体として検討するこ

とは当然のことである。したがって、今回の秋谷くんの研究態度は妥当なものと言うことができる。ただ、実作は理論とは無関係であるとしてそのまま放置しておいて良い訳ではない。やはり、実作と理論とを合わせて検討する必要がある。なぜなら、文学について論ずることにおいてはもちろんであるが、作品を作ることにおいても白居易はきわめて意識的であったからである。白居易の理論には「真意」が書かれていないというようなこれまでの理解を超えた新たな理解が必ずあるはずである。そのことの解明は容易なことではないであろうが、秋谷くんの今回の著書はその可能性のあることを感じさせるものである。

以上のような今後に残された課題があるとはいえ、いずれも本書を踏まえた上でなされるべきものである。今後のさらなる研究の継続によって、より豊かな成果がもたらされることを期待したい。

門脇　廣文

二〇一〇年一〇月一〇日

目次

白居易文学論研究——伝統の継承と革新——

序章　研究の動機と目的

1

白居易は「新楽府」「長恨歌」をはじめとする名篇を多く世に残した、中唐の傑出した詩人である。白居易が制作した詩文は、本国中国のみならず、日本・朝鮮・ベトナムにも流伝し、多くの愛好者を生んだ。また白居易は優れた詩文を制作しただけではなく文学論も多くあらわしており、有名なものに科挙（制挙）の際に書いた「採詩」の策、「文章を議す」の策、左拾遺の時に書いた「新楽府の序」、江州司馬左遷直後に書いた「元九に与ふるの書」などがある。(一) 名作を多く作った李白や王維はほとんど文学論をあらわさず、『詩式』を書いた皎然は実作では必ずしも名が振るわなかったことを考えると、実作と理論の両面に秀でた白居易は唐代において特異な存在であったと言える。(二)

白居易が生きた中唐時代、ことに青年期と壮年期（三十五歳～四十八歳）に当たる元和年間は、いわゆる変革期であった。安史の乱後、国家は衰退しつつあり、いかに国家を立て直すのかが時の急務であったのである。例えば下定雅弘氏は、元和年間の時代状況について次のように述べている。(三)

この憲宗の在位の時代の年号を「元和」（ゲンナ、ゲンワ。八〇六～八二〇）という。憲宗は即位後、必死に国力の回復に努める。常時、軍隊を派遣し、辺境の藩鎮を討伐して失地回復を図り、元和の終わり近くには、ついにほぼ六十年ぶりに統一を果たす。これを「元和の中興」とよび、独特の緊張と熱気に包まれた時代である。「元和」は、憲宗の下に、科挙の難関を突破した多くの俊秀（上述の白居易・元稹・韓愈らを含む）が結集して、内外の困難に立ち向かった危機と情熱の時代といっていい。

下定氏はこのように述べ、元和年間の特徴を「内外の困難に立ち向かった危機と情熱の時代」とまとめている。では当時の新興士大夫たちは「危機と情熱の時代」に具体的にいかなる問題意識を持って詩文を制作しようとしていたのだろうか。実はそれをうかがい知るための史料となるべき唐代の文学論は、まとまった著作として残っているものは少なく、書簡文や詩の序文という形で断片的に現存するものが多い。白居易の文学論もその例にもれないが、白居易が書いた文学論は多く残っており、それぞれの文学論に書かれている主張を総合すると体系的な文学思想を浮き彫りにすることができる。そしてこれらは当時の士大夫の考え方を捉える上で貴重な史料であると言える。

では日本や中国で白居易の文学論はこれまでいかに研究されてきたのだろうか。

まず日本では、白居易の文学論は必ずしも十分に研究されて来なかった。戦後の白居易研究は、『白氏文集』の校勘や「新楽府」をはじめとする「諷諭詩」の研究、「長恨歌」に関する研究、日本文学に与えた影響について論じた研究が大半を占めていた。また九十年代以降は、「閑適詩」にこそ白居易文学独自の特徴があらわれていると指摘され「閑適詩」に関する論考が多く書かれるようになったが、文学論の研究は現在に至るまで十分にはなされていない。(四)もちろん日本において白居易の文学論について論じた論考がないわけではない。例えば注意すべき論考として鈴木虎雄氏・興膳宏氏・静永健氏の論考がある。しかし鈴木氏らは、白居易の文学にまつわる言説には矛盾があり、また言説通りに実作が作られていないとして、言説そのものの意義を十分に認めず、実作のあり方や当時の歴史的状況を基に白居易の文学観を捉えようとしている。

これに対して中国では白居易の文学論は盛んに研究されてきた。例えば民国以降、陸続と出版されている『文学理論史』や『文学批評史』の中には白居易の文学論を論じた章が必ずあり、白居易の文学論の重要性が多くの研究者によって認知されている。ただし蹇長春氏（五）と論者の調査に基づくと、ほとんどの研究者はマルクス文芸理論の立場から白居易の文学論の「正しさ」を論じることに目が向いていると言える。

これまでの日本と中国における研究方法は果たして妥当なものだったのだろうか。

まず本書の第一章・第一節「日本における白居易文学論研究」では、日本人研究者の研究方法に対して次の二点を指摘した。第一に、白居易が過去や同時代の詩文をいかに批評しているのかだけでなく、その背後にいかなる理念や思想があったのかをも捉えるべきだと言うことである。そのような視点で白居易の言説を検討すると言説間に矛盾は生じていないと言える。第二に、白居易自身が述べた言説を尊重するということである。たとえその言説が、実作のあり方と一致していなかったとしても、まずはそれをそのまま尊重するということである。白居易の文学論を研究することは、白居易の文学に対する理念を捉えることである。実作のあり方と一致しないとしても白居易自身の言説は文学に対する理念を表明したものであることには変わりがないはずである。実作のあり方から、白居易自身の言説の価値を否定するのは本末転倒であると言える。

第二節「中国における白居易文学論研究」では、中国人研究者に対して次の点を指摘した。白居易の文学論を研究するということは、あるイデオロギーの立場から白居易の言説が「正しい」のかどうかを評価することではなく、白居易の文学に対する理念を客観的に分析することである。しかし白居易の文学論を「素手で」「そのまま」捉えることも一方で不可能である。白居易の文学論を分析するに当たって程度の差はあれ「現代の視点」が入ってしまうことも免れない。そこで本書は「現代の視点」を相対化するために、まず白居易の時代の常識をおおまかに捉え、その中における白居易の文学論の位置を明らかにした上で各言説を分析した。

2

白居易は変革期の元和年間において、いかなる考えに基づいて詩文を制作しようとしていたのだろうか。中唐期、ことに元和年間は復古が叫ばれた時代であると言われている。（六）当時の新興士大夫たちは、軽薄な文化が流行し伝統的な文化が軽視されていることに強い不満を抱き、表現は簡素で強い政治性・社会性を帯びた古えぶりの詩文を用いて国家を正しき道へ戻そうとしたのである。白居易と元稹の「新楽府」や韓愈と柳宗元の古文はまさしくこうした文学思潮のもとで作られたものであった。

白居易が青年期にあらわした文学にまつわる言説を具体的に見てみると、彼が特に重視していたのは、『詩経』であり、『詩経』にあったとされる「美刺」のはたらきを取り戻すべきだと主張していたことが分かる。「美刺」とは、文芸には為政者を「美」め称えたり、諷「刺」したりするはたらきがあるとする考え方で、これは伝統的な儒家の文芸観である。第二章「伝統の継承にまつわる白居易の文学論」では、白居易が「美刺」について具体的にいかに述べているのかを詳細に検討した。

第二章・第一節「『采詩の官』にまつわる言説について」では、青年期と晩年期とで「美」と「刺」の重点の置き方が変化していることを明らかにした。「采詩の官」とは、民間の歌謡を採取する官職であり、太古には人民の思いを把握し政治に活かすために「采詩の官」があったとされており、白居易は青年期においても晩年期においても詩における「美刺」のはたらきに着目し「采詩の官」の意義を認めていた。ただし青年期は「采詩の官」によって為政者を諷「刺」した詩を積極的に採集すべきと主張しているのに対して、晩年期は為政者を「美《ほ》」めたたえる詩を採取すべきと詠っており、青年期と晩年期とでは「美」と「刺」のいずれに重きを置いているのかが異なる。

第二章・第二節「律賦や科挙の詩文にまつわる言説について」では、律賦を否定する韓愈ら古文家と、律賦を肯定する白居易らの態度の違いが何に基づくものであるのかを明らかにした。律賦とは、唐代の科挙に課された美文であり、役人になるには律賦の制作は避けては通れないものであった。韓愈や白居易らがあらわした律賦に対する言説を検討すると、両者はともに科挙で制作される律賦に「美刺」に関わる思想内容が欠如していることを危惧していたことが分かる。しかし詳細に見てみると韓愈ら古文家は、律賦ではそもそも「美刺」に関わる内容を表現できないと考えていたのに対して、白居易・元稹らは「美刺」に関わる思想内容を込めた律賦も存在すると考えていたことが分かる。両者の律賦に対する考え方は大きく異なる。

3

中唐期、ことに元和年間は、新興士大夫が台頭した時代であるとされる。[七] 例えば、白居易と元稹は、ともに元和年間に左拾遺（天子を諫める職）を務め、韓愈も中書舎人（詔勅の起草をつかさどる職）や国子祭酒（国立大学の学長）などを歴任した。これは安史の乱後、貴族と士大夫のパワーバランスが変化したことや、憲宗が改革派の士大夫を積極的に採用しようとしたためである。

白居易が青年期にあらわした文学にまつわる言説を具体的に見ると、彼は新興士大夫としての使命感を持ち、伝統を越える新たな文学の創造に力を注いでいたことが分かる。第三章「伝統の革新にまつわる白居易の文学論」では、「賦の賦」（勅撰による律賦作品を、白居易自身も律賦の形式を用いて批評した作品）を検討し、伝統の革新を目指す態度を浮き彫りにした。

第一節「『賦の賦』の限韻『賦者古詩之流』について」では、「賦の賦」の限韻（科挙において指定される韻字）である「賦者古詩之流（賦は『詩経』の流れを汲む）」を理解するために、漢代から唐代に至る賦論の中で『詩経』

と賦の関係がいかに論じられてきたのかを調査した。その結果、『詩経』の継承を論じることに重きがある賦論と、発展を論じることに重きがある賦論があることが分かった。

第二節「『賦の賦』で述べられる賦観について」では、白居易が、前代の賦論をふまえていかに勅撰の律賦作品を批評しているのかを検討した。白居易は「賦の賦」において勅撰の賦作品を『詩経』『楚辞』を越える美しさがあると称えている。考えてみると儒家の経典である『詩経』を越えるとする発言は、当時において一歩踏み込んだものであったと言える。ここに、伝統を越える新たな文学としての律賦の意義を掲げようとする白居易の強い思いが見て取れよう。

以上のように青年期の白居易は、伝統の継承と革新を軸とした文学論を展開している。伝統の継承を重視するところには、当時の乱れた文化を正し、国家を救わんとする態度が見て取れ、伝統の革新を重視するところには、新興士大夫として新たな文化を築こうとする自負がうかがえる。

4

白居易は四十四歳で江州司馬に左遷されると、作風が変化すると言われている。第四章「左遷前と左遷後の詩観の変化」第一節「白居易の詩観の二つの変化―江州左遷期の詩作の変化をもたらしたもの―」では、作風の変化の裏にある詩観の変化の内実を検討した。白居易は左遷直後に「元九に与ふるの書」を書き、その中で自分の詩を「諷諭」「閑適」「感傷」「雑律」の四種に分類している。現存するそれぞれの詩の制作数を見てみると、左遷前は「諷諭詩」が多く書かれていたのに左遷後は激減し、しまいには作られなくなっている。これに対して「雑律詩」は左遷後に激増している。第四章ではこの「諷諭詩」と「雑律詩」の著しい制作数の変化の背景を明らかにした。

「元九に与ふるの書」における白居易自身の発言に基づくと、四種の詩の分類は世間の価値観から「逸脱」しているか「踏襲」しているかという基準と、「広く世の中に向けた詩」か「狭く個人や身内に向けた詩」かという二つの基準によって分類されていることが分かる。そして白居易は、「諷諭詩」を世間の価値観から「逸脱」し、かつ「広く世の中に向けた詩」だと見なしているのに対して、「雑律詩」を世間の価値観を「踏襲」し、かつ「狭く個人や身内に向けた詩」だと見なしている。以上のことをふまえると「諷諭詩」の激減、「雑律詩」の激増の裏には、世間の価値観から「逸脱」した詩を重視する態度から「踏襲」した詩を重視する態度へ、広く世の中に向けた詩を書く態度から個人・身内に向けた詩を書く態度へという変化があったことが分かる。

5

小論では白居易が前半生にあらわされた文学論を主な検討対象としており、江州左遷以後の後半生にあらわされた文学論については十分に論じていない。ただし小論の第四章で指摘したように、江州左遷を期に白居易の詩観は大きく変化していることから考えると、後半生の文学論は、前半生の文学論と著しく異なっていることが容易に推察できる。しかしもう一方で前半生から後半生にかけて一貫した考え方もあったものと考えられる。白居易の文学論は生涯を通して、いかなる考え方が変化し、いかなる考え方が一貫していたのかについては今後の研究課題としたい。

なお小論で引用した白居易の詩文は、顧学頡校点『白居易集』（中華書局・中国古典文学基本叢書　一九七九年）〔紹興本を底本にしている〕に基づく。

注

（一）隋、唐、五代に書かれた文学論、書論、絵画論をまとめて簡潔な注釈と評を付したものに肖占鵬主編『隋唐五代　文芸理論匯編評注』（上）（下）（南開大学出版社　二〇〇二）があるが、この書には白居易の文学論が三十六篇も収録されている。

（二）前掲の『隋唐五代　文芸理論匯編評注』を見てみると、李白の文学論は十四篇、王維の文学論は一篇しか収められていない。ただし杜甫の文学論は二十八篇収められており比較的多い。

理論と実作に秀でた白居易について松浦友久氏は「漢代以来数百年にわたっておおむね理念的・名目的にのみ唱えられてきた儒家的文学論を、論自体としても継承鼓吹しつつ、また正面切ってみずから実践にも移した、きわめて稀な存在であったと言うことができよう」と述べている。（「白居易の文学論」『松浦友久著作選』Ⅱ研文出版　二〇〇四所収）〔三九九頁〕

（三）下定雅弘編訳『柳宗元詩選』「〔解説〕柳宗元の一生と詩」（岩波文庫　二〇一一）〔二七三頁〕

（四）下定雅弘氏の調査に基づく。詳しくは一三頁、三四頁を参照のこと。

（五）五四頁、五五頁を参照のこと。

（六）なお中唐期（ことに元和年間）の文学思潮全体について論じた先行研究には、次のようなものがある。

①目加田誠「唐　憲宗朝の文学」（『中国の文芸思想』講談社学芸文庫　一九九一所収）

②川合康三「文学の変容―中唐文学の特質―」（『終南山の変容』研文出版　一九九九所収）

③赤井益久『中唐詩壇の研究』第一章「大暦から元和へ―「中唐」の文学史的意味―」（創文社　二〇〇四）

小論は、こうした先行研究を足がかりにしつつ、白居易が元和年間に具体的にいかなる考えを持っていたのかを、彼自身の言説を考察することによって明らかにするものである。

（七）注（六）を参照のこと。

第一章　日本と中国の白居易文学論研究の概要とその問題点

〔第一章の梗概〕

第一章「日本と中国の白居易文学論研究の概要とその問題点」では、日本と中国において白居易の文学論がいかに研究されてきたのかを概観したい。日本人研究者と中国人研究者それぞれの研究方法の問題点を指摘し、いかに白居易の文学論を研究するべきかについて私見を述べたい。

まず第一節「日本における白居易文学論研究」では、鈴木虎雄氏・興膳宏氏・静永健氏の論考を検討したい。鈴木氏らは、白居易の文学論について次の二つのことを指摘している。第一は、白居易の文学論は言説間において矛盾があるということである。例えば白居易は「元九に与ふるの書」で陶淵明の詩を否定しているのに、他の言説では陶淵明の詩を賞賛していると言う。第二に、白居易は自身が述べた言説通りに実作を作っていないということである。例えば白居易は「新楽府の序」で表明した考えの通りに「新楽府」を作っておらず、また「元九に与ふるの書」であらわした定義通りに「閑適詩」「感傷詩」を作っていないと言う。

以上の二点から、鈴木氏らは、白居易の文学に関する言説、ことに「元九に与ふるの書」に述べられている言説をそのまま真意と見なすのには注意が必要だとしている。そして白居易が述べた言説からではなく、実作のあり方やその当時の社会的状況を基に白居易の文学観を捉えようとしている。果たして鈴木氏らのこのような研究方法は妥当なものなのだろうか。第一節ではそれについて検討したい。

次に第二節「中国における白居易文学論研究」では、蹇長春氏があらわした「八十年来中国白居易研究述略」という論考と論者の調査に基づいて、民国から現代に至る中国の白居易の文学論に関する研究史を概観したい。中国では、マルクス文芸理論の立場から見て「正しい」かどうかという点から白居易の文学論が論じられてきた。第二節ではこのような中国の研究の問題点を提示し、そもそも文学論を研究するとはどういうことなのかについて考えたい。

第一節　日本における白居易文学論研究

（一）はじめに

白居易は唐代を代表する詩人の一人である。現存する作品数も詩が約二千八百首、文章が約八百五十篇[一]ほどあり、唐代の詩人の中で最も多い。また白居易はすぐれた詩文を数多く制作しただけではなく文学に対する考えを手紙文や詩の序文の中で表明している。例えば制挙の受験の時に書いた「採詩」の策や「文章を議す」の策、左拾遺の時に書いた「新楽府の序」、江州左遷直後に友人元稹に宛てた手紙である「元九に与ふるの書」などが特に有名である。すなわち白居易は確乎とした理論に基づいて実作を制作していたのである。

戦後から現在に至る日本の白居易研究を概観してみると、「諷諭詩」「閑適詩」や「長恨歌」を中心とした作品研究は盛んに行われてきた。それに対して文学論の研究は必ずしも十分になされてこなかった。さらに言えば、そもそも日本では白居易の文学論研究そのものが確立されていないと言える。例えば、下定雅弘氏は「日本における白居易の研究[二]」において、白居易に関する論考をまとめる際に、「文学論」という項目を独立して設けていない[三]。これは、日本において白居易の文学論研究の意義が十分に認知されておらず、論考が少ないことをあらわすものと言える。

もちろん日本において白居易の文学論に関する論考がないわけではない。例えば注目すべき論考として鈴木虎雄氏の「白楽天の詩説」、興膳宏氏の「白居易の文学観―『元九に与うる書』を中心に」、静永健氏の「詩集四分類の構想」、「白居易「新楽府」の創作態度」をあげることができる。

鈴木氏らはともに、白居易の文学論の二つの問題点を指摘している。第一は、白居易の文学に関する主張は言説間で矛盾しているということである。例えば白居易は、「元九に与ふるの書」の中で陶淵明の詩を否定しているのに、他の文章や詩の中では陶淵明の詩を褒め称えているというのである。そして第二に白居易は自身が述べた言説の通りに実作を作っていないということである。

本節では、日本人研究者によって指摘されてきたこの二つの問題について再検討したい。そしていかに白居易の文学論研究をすべきかについて私見を述べたい。

（二）白居易文学論研究の問題について

①鈴木虎雄「白楽天の詩説」

はじめに鈴木虎雄氏があらわした「白楽天の詩説」を確認したい。

この文章は、一九二七年（昭和二年）に出版された『白楽天詩解』の前言の一つとして書かれたものであり、恐らく日本で最も古い、白居易の文学論に関する論考であろう。(四) 注釈書の前言という性格から全体は、四、五頁に満たないが、その中であらわされている鈴木氏の見解は後世の研究者に大きな影響を与えている。

鈴木氏は、「元九に与ふるの書」における発言を真意を述べたものではないと指摘している。白居易は「元九に与ふるの書」において自身の「諷諭詩」「閑適詩」「感傷詩」「雑律詩」に関して次のように述べている。

　故に僕の志は兼済に在り、行ひは独善に在り。奉じて之を始終すれば則ち道と為り、言ひて之を発明すれば則ち詩と為る。之を諷諭詩と謂ふは、兼済の志なり。之を閑適詩と謂ふは、独善の義なり。故に僕の詩を覧れば、僕の道を知る。其の餘の雑律詩は、或ひは一時一物に誘はれ、一笑一吟に発し、率然と章を成せば、平生の尚ぶ所の者に非ざるなり。但だ親朋合散の際を以て、其の恨みを釈《と》き懽《よろこ》びを佐《たす》くるを取るのみ。今、詮次の間に、未だ刪り去ること能はず、他時、我の為に斯の文を編集する者有れば、之を略するも可なり。

　故僕志在兼済、行在独善、奉而始終之則為道、言而発明之則為詩、謂之諷諭詩、兼済之志也、謂之閑適詩、独善之義也、故覧僕詩、知僕之道焉、其餘雑律詩、或誘於一時一物、発於一笑一吟、率然成章、非平生所尚者、但以親朋合散之際、取其釈恨佐懽、今詮次之間、未能刪去、他時有為我編集斯文者、略之可也。〔鈴木氏は原文のみ引用。書き下し文は秋谷が補った〕

鈴木氏はこの白居易の発言を次のように分析している。

　乃ち楽天に在りては詩は其の謂はゆる道を托するものなり、諷諭詩はその最も重んずる所にして之に次ぐものは閑適詩・感傷詩なり、彼の雑律詩の如きは之を刪るも可なりとせるなり。

　楽天の持論なるものは此の如し。かかる論旨は楽天のみならず支那の殆ど総ての詩人が之を信じ且唱ふる所のものなり。但だその実行する所の常にその論旨以外に逸出するを免れざるのみ。楽天にしてその論旨を厲行せばその諷諭詩以外の詩は彼に取りて軽重をなすに足らざるものなり。随て長恨歌・琵琶行の類は言ふを待たず《ママ》其他の雑律詩皆之を刪りて可なり《ママ》此等を以て彼の詩を論ずることは彼にとりて累を増すものなり。

鈴木氏の理解に基づけば、白居易は「元九に与ふるの書」の中で、自分の詩の中でも「道」を表現した「諷諭詩」こそを重要視し、「長恨歌」や「琵琶行」（ともに「感傷詩」に属す）は劣るものと捉え、「雑律詩」に到っては全くその価値を認めていないと言う。しかし鈴木氏によると白居易はこのような発言をしておきながら、他の文章や詩の中において「長恨歌」や「雑律詩」の意義を認めていると言う。

然れども長恨歌・秦中吟は彼之に対して一篇長恨有風情、十首秦吟近正声、の語あり、寧ろその得意なるべき作にして其の世俗に賞せらるるを慨すべき性質のものに非ず。又風雪を嘲り花草を弄ぶの詞は、彼之を作りざりしか、然らず、彼の「詩に淫せる」酔吟先生伝中の語、無妨悦性情 詩解中の句といへる、彼の詩決して諷諭に止まれるに非ず。

例えば白居易は、「拙詩を編集して一十五巻を成し、因りて巻末に題して戯れに元九李二十に贈る（編集拙詩成一十五巻因題巻末戯贈元九李二十）」詩の中で「一篇の長恨 風情有り、十首の秦吟 正声に近し」と述べ、「諷諭詩」の「秦中吟」と並べて「感傷詩」の「長恨歌」にも価値を見出している。また白居易は実際には「風雪」や「花草」のことを詠った詩も作っている。さらに「酔吟先生伝」の中では「詩に淫せる」と言い、「詩解」詩の中では「無妨悦性情（性情を悦ばしむるに妨げ無し）」と詠い、自己の詩に耽溺するさまをあらわしている。鈴木氏は以上のことを根拠に白居易の詩が「諷諭詩」のみに止まらないことを指摘している。続いて鈴木氏は詩の本質論に着目して次のように述べている。

蓋し詩は人情自然の声なり、是を以て諷諭の一体に限らんとするは能ふべからざることにして楽天自らも之を守る能はざる所なり。楽天の論は要するに自己の体面を修飾せんと努めたるものといふべく、彼の有する真相と相距ること遠し。楽天を論ずるものは彼の口にせる所と為せる所とを区別するを要す。

詩というものは、詩人の思いが自然に発露して出来るものであるから、そのすべてが社会諷刺の詩になるということはあり得ない。してみれば「元九に与ふるの書」における「諷諭詩」のみを重視する態度は、「自己の体面を修飾せんと努めたるもの」に過ぎず、「彼の有する真相」とは言い難いと鈴木氏は指摘する。

次に鈴木氏と同様の指摘をしている興膳氏の論考を確認したい。

②興膳宏「白居易の文学観―『元九に与える書』を中心に」

続いて興膳宏氏の「白居易の文学観―『元九に与える書』を中心に」を見ていきたい。

この論考は、一九九三年（平成五年）に出版された『白居易研究講座』の第一巻に収められている。(五) 興膳氏は、「元九に与ふるの書」や「新楽府の序」といったわずかな文章のみから白居易の文学観を論じるのではなく、白居易の生涯や詩文全体を見通した上で彼の文学観を捉えなくてはならないと主張している。白居易は「元九に与ふるの書」において「長恨歌」や「雑律詩」を軽視し、陶淵明や謝霊運の詩を否定しているが、彼の詩文全体のあり方を基にして考えると、これらの発言は本心とは思えないと興膳氏は述べている。

しかし、彼が一時の激情の中で、心底からこの系列の詩〔秋谷注・「諷諭詩」以外の系列の詩のこと。「長恨歌」や「雑律詩」などを指す〕を作ったことを後悔していたかと言えば、どうもそうはいいきれないだろう。長安や通州の娼妓が「白学士の長恨歌」を誦んじていたことを記すくだりには、否定的な論旨にもかかわらず、どこか得々とした口吻が感じられてならない。「長恨歌」が娼妓にも親しめる平易なことばで書かれていたことがこの人気をもたらしたのだか、実は平易な表現こそ、彼が最も意を用いたことだったはずである。「新楽府序」でまっ先に提示されていたのは、「其の辞は質にして径、之を見る者の諭り易からんことを欲すればなり」ではなかったか。(径は一に俚に作るが、それなら一層娼妓に受けて当然である)。娼妓の間の人気は、いわば善を求めて善を得たものであった。それにこの書簡〔秋谷注・「元九に与ふるの書」を指す〕の書かれた一年後には、「長恨歌」と並ぶ感傷詩の名篇「琵琶行」が著されることになる。「長恨歌」の否定が彼の本心とどうして信じられよう。

「元九に与ふるの書」における「長恨歌」の否定が白居易の発言が本心ではない、とする根拠として興膳氏は次の三点をあげている。第一は長安や通州の娼妓が「長恨歌」を誦んじていたことを記す下りが得々とした口吻で書かれているからである。第二には「長恨歌」は白居易が重視していたはずである平易な表現で描かれているからである。第三には「元九に与ふるの書」が書かれた翌年に「長恨歌」に類する感傷詩の名編「琵琶行」が作られているからである。興膳氏は以上の三点を根拠にして本当は「長恨歌」を軽視していたはずはないと推測している。

また興膳氏は「元九に与ふるの書」に記されている「雑律詩」に対する消極的な評価も、そのまま信じることはできないとして次のように述べる。

「一時一物に誘われ、一笑一吟に発して、率然として章を成し」た雑律詩については、「他時 我が為に斯の文を編集する者有らば、之を略するとも可なり」といって、やはり消極的な自己評価を下している。しかし、この系列の詩こそ、日常の営みとして、以後の後半生を含めて最も多くの作品群を成している事実を、正当に認識しておく必要があろう。

白居易が生涯を通して最も多く制作した詩は「雑律詩」であるから、実際は「雑律詩」を重んじていたはずだと興膳氏は指摘する。さらに「元九に与ふるの書」の前半で詩史を振り返る際に陶淵明や謝霊運の詩を批判していることについても次のように述べている。

謝を「多く山水に溺れ」たとし、陶を「偏えに田園に放ま」にしたとする評価は、相対的にはやはり否定の方向に傾いている。だが、この箇所だけから陶・謝に対する白居易の評価を引き出そうとするのは、大きな誤解につながるであろう。

このように述べ「元九に与ふるの書」に記されている陶淵明と謝霊運の詩に対する否定的な評価もそのまま鵜呑みにしてはいけないと指摘する。例えば白居易は「謝霊運の詩を読む」詩の中で謝霊運を状況によく順応して処世の道を誤らなかった先達として褒め称え、また「鄧魴の詩を読む」詩の中では友人鄧魴の詩を陶淵明さながらの風格を備えていると賞讃していると言う。

興膳氏によれば、「元九に与ふるの書」は、左遷直後の高ぶった感情によって書かれており、その中で表明されている「長恨歌」「雑律詩」の軽視や、陶淵明、謝霊運の否定をそのまま「評価の実相」とみなすのには注意が必要だと言う。そして興膳氏は「元九に与ふるの書」以外の言説や実作のあり方を広く見渡して白居易の文学論の真相を捉えるべきだと主張している。

③静永健「詩集四分類の構想」「白居易『新楽府』の創作態度」

最後に静永健氏の「詩集四分類の構想」「白居易『新楽府』の創作態度」を確認したい。これらの論考はそれぞれ二〇〇〇年（平成十二年）に出版された『白居易「諷諭詩」の研究』に収録されている。(六) 静永氏はこれらの論考において次の二つのことを指摘している。第一に白居易は「元九に与ふるの書」や「新楽府の序」で表明した考えの通りに実作を作っていないということである。そして第二に「元九に与ふるの書」や「新楽府の序」で表明された考えは必ずしも白居易の真意とは言えないということである。

以上のような指摘は、先に確認した鈴木氏・興膳氏の指摘と軌を一にする。ただし静永氏はさらに一歩進めて、白居易自身が述べた言説から離れて、実作のあり方から白居易の真意が実際はいかなるものであったのかを具体的に検討している。静永氏によれば、「元九に与ふるの書」で説明された通りに実作の「閑適詩」と「感傷詩」は分類されておらず、真の分類基準はまた別に存在すると言う。「詩集四分類の構想」の中で次のように述べている。

いったい、この閑適・感傷両詩群は、本当に「与元九書」に説明された通りに分けられているのであろうか。以上の諸例を見るに、私には、その「与元九書」における白居易の規定そのものにも、強い疑問の念を懐かざるを得ないのである。では、閑適・感傷両詩群の真の分岐点は那辺にあるのか。私はここで、さきの「与元九書」の規定を一旦棚上げにし、両詩群中に登場する人物、とりわけ白氏の詩友元稹について着目し、以下その把握検証に勉めたいと思うのである。

静永氏は実作のあり方を検討し、「閑適詩」と「感傷詩」の真の分類基準は、公に読まれることを想定しているか、元稹のような親しい友人に読まれることを想定しているかの違いにあると結論づけている。

また「白居易「新楽府」の創作態度」においても次のように指摘する。

白居易の新楽府は、作者自身の解説とは大きく異なり、やはりその文飾の横溢は否みがたい。勿論、詩歌である以上、藝術作品として相応の詞藻が加えられる必要はある。だが本章では、その創作における潤色が、白氏の場合序文の主張とは相反してむしろ積極的に意識され取り入れられていたことを解き明かしたい。

すなわち白居易は「新楽府の序」で「事実そのままを歌にした（其事覈実）」と「新楽府」の創作態度を示しているにも関わらず、実際の「新楽府」では脚色が多く加えられており、言説通りに実作が作られていないと言うのである。

静永氏によれば、白居易が「新楽府」において多くの脚色を加えているのは、元稹や李紳に対する先輩詩人としてのプライドのあらわれだと言う。

＊

鈴木氏、興膳氏、静永氏が指摘していた白居易の文学論の問題点をまとめると次の二点になる。

一つは、白居易の文学に関する主張は言説間で矛盾しているということである。例えば、白居易は「元九に与ふるの書」で「長恨歌」や「雑律詩」を軽視し、陶淵明や謝霊運の詩を批判しているのに関わらず、他の文章や詩の中ではこれらを重視したり賛美したりする発言をしていると言う。白居易は「元九に与ふるの書」において「諷諭詩」のみに価値を認める発言をしているが、これは他の文章や詩に見える発言と見解が一致しないと言う。

これについて鈴木氏は、「元九に与ふるの書」における白居易の発言は「自己の体面を修飾せんと努めたるもの」に過ぎないと指摘する。また興膳氏も「元九に与ふるの書」は江州左遷後の高ぶった感情によって書かれたものであるから、その中で表明されている「長恨歌」や「雑律詩」に対する軽視をそのまま「評価の実相」とみなすのは注意が必要だとしている。

そしてもう一つの問題点は、白居易は自身が述べた言説の通りに実作を作っていないということである。

例えば興膳氏によれば白居易は「元九に与ふるの書」の中で陶淵明の詩を否定しておきながら、陶淵明の詩体に倣った詩を作っていると言う。また静永氏によれば、白居易は「新楽府の序」で表明した考えの通りに「新楽府」を制作していないと言う。さらに「元九に与ふるの書」で説明されている分類基準通りにも「閑適詩」と「感傷詩」を分類されていないと言う。静永氏は、白居易自身が述べた言説から離れて、実作のあり方から創作態度や分類基準を検討している。

日本人研究者によって指摘されてきた以上の問題について、いかに考えればよいのだろうか。まず白居易の文学に関する主張は言説間で矛盾しているのであれば、どの言説が白居易の真意を述べたものなのかを見極める必要があることになる。実際に鈴木氏らは「元九に与ふるの書」における発言は必ずしも真意を述べたものとは言えないとしていた。しかし果たしてそのようなことが言えるのだろうか。そもそも白居易の文学論は本当に言説間で矛盾しているのであろうか。

また静永氏は言説通りに実作が作られていないとして、白居易が述べた言説そのものの意義を否定し、実作のあり方から白居易の文学観を捉えようとしていた。果たしてこれは文学論研究と言えるのだろうか。

（三）白居易文学論研究の問題の再検討

①言説間における主張の矛盾について

白居易の文学に関する主張は、言説間で矛盾しているのだろうか。また鈴木氏らが指摘するように、「元九に与ふるの書」における白居易の発言は真意ではないのだろうか。ここではこの問題を考えたい。

はじめに陶淵明の詩に対する評価が言説間において具体的にどのように異なるのかを再確認しておきたい。白居易は「元九に与ふるの書」で陶淵明の詩を次のように否定している。

> 晋、宋已還、得る者は蓋し寡《すくな》し。康楽の奥博を以て、多く山水に溺れ、淵明の高古を以て、偏《ひと》へに田園に放《ほしいまま》にす。江、鮑の流、又た此より狭し。梁鴻の「五噫」の例の如き者は、百に一二無し。時に於ひて六義寖《ようや》く

微なり。

晋、宋已還、得者蓋寡。以康楽之奥博、多溺於山水、以淵明之高古、偏放田園。江、鮑之流、又狭於此。如梁鴻五噫之例者、百無一二。於時六義寖微矣。

白居易は陶淵明の詩を「田園での気ままな生活ばかり（偏放田園）」を詠っていると批判している。そして晋・宋の詩全体を「六義の精神が次第と無くなっている（六義寖微）」と評している。

これに対して白居易が母の服喪のため下邽に閑居していた折りに書いた(七)「陶潜の体に効ふ詩」十六首の序文では、次のようにある。

余 渭上に退居し、門を杜《と》じて出でず。時 属《たま》たま雨多く、以て自ずから娯しむ無し。会《たま》たま家醞 新たに熟す。雨中に独り飲み、往往 酣酔して、終日 醒めず。懶放の心、彌《いよ》いよ自得するを覚ゆ。故《まこと》に此れに得て、而《しか》も以て彼れに忘るる者有り。因りて陶淵明の詩を詠ずれば、適《たま》たま意と会《かな》ふ。遂に其の体に傚《なら》ひて、十六篇を成す。酔中の狂言、醒むれば輒《すな》はち自ずから哂《わら》ふ。然れども我を知る者は亦た隠すこと無し。

余退居渭上、杜門不出。時属多雨、無以自娯。会家醞新熟。雨中独飲、往往酣酔、終日不醒。懶放之心、彌覚自得。故得於此、而有以忘於彼者。因詠陶淵明詩、適与意会。遂傚其体、成十六篇。酔中狂言、醒輒自哂。然知我者亦無隠焉。

白居易は、母の服喪のため蟄居し、長雨で無聊をもよおしていた際に、自家製の酒を飲んで大いに酔っぱらい、今の自分と同じ心情が表現されているとして陶淵明の詩に強い共感を示している。そして思いに乗じて陶淵明の詩風に倣った詩を十六篇作ったと詠っている。

また白居易が江州司馬に左遷された直後に書いた「陶公の旧宅を訪ぬ」詩の序文にも次のようにある。

余　夙《つと》に陶淵明の人と為りを慕ふ。往歳　渭上に閑居せしとき、嘗て陶体に効《なら》ふの詩十六首有り。今廬山に遊び、柴桑を経、栗里を過ぐ。其の人を思ひて、其の宅を訪ね、默默たること能はず、又た此の詩を題して云ふ。

余夙慕陶淵明為人。往歳渭上閑居、嘗有效陶体詩十六首。今遊廬山、経柴桑、過栗里。思其人、訪其宅、不能默默、又題此詩云。

白居易が左遷された江州には陶淵明が隠棲したことで知られる廬山がある。白居易は陶淵明の人となりを慕って、廬山をめぐり彼の旧居を訪ね、その時に感じたことを詩にあらわしたと述べている。恐らく白居易は、時の権力者とそりが合わず、廬山のほとりに隠棲した陶淵明と江州司馬に左遷された自己とをかさねているのだろう。

同じく江州司馬在官時の作である「潯陽楼に題す」詩にも次のようにある。

常愛陶彭澤、文思何高玄　　常に愛す　陶彭澤、文思　何ぞ高玄なる
又怪韋江州、詩情亦清閑　　又た怪しむ韋江州、詩情も亦た清閑なり
今朝登此楼、有以知其然　　今朝　此の楼に登り、以て其の然るを知る有り

「潯陽楼」とは廬山の北に位置する潯陽（今の江西省九江市）にあった楼のことである。白居易は陶淵明が隠棲し、韋応物が長官を務めた江州の深奥な自然を、潯陽の楼《たかどの》から眺めている。そして陶淵明と韋応物の詩が「高雅（高玄）」で「すがすがしい（清閑）」のは、この江州のすばらしい自然が彼らにインスピレーションを与えたためであると理解する一方で、詩才がないのに江州にやってきた自分を恥じている。

以上に確認したように白居易は「元九に与ふるの書」において陶淵明の詩を「田園での気ままな生活ばかり（偏放田園）」を詠っているとか「六義の精神が次第と無くなっている（六義寖微）」ものと見なして、否定的に評価していた。それにも関わらず「陶潜の体に効ふ」詩の序、「陶公の旧宅を訪ぬ」詩の序、「潯陽楼に題す」詩ではともに

陶淵明の人となりに尊敬の念をあらわし、彼の詩を高く評価している。一見すると陶淵明に対する評価が言説間で矛盾しているように見える。これは鈴木氏や興膳氏が指摘するように、「元九に与ふるの書」において表明されていた陶淵明詩の否定は、本音ではないということなのだろうか。

まずはじめに白居易の陶淵明に対する評価は言説間で矛盾しているのかを検討したい。この問題を検討するに当たっては、羅根澤氏が一九四三年に著した『中国文学批評史』[八]の緒言を参考にしたい。羅氏はこの書において文学批評史とは何か、またそれをいかにあらわすべきかを白居易の「元九に与ふるの書」を例に出して論じている。羅氏は文学批評の言説を捉える際には、批評者の基本的観念（根本観念）をおさえることが大切だと主張している。

哲学者が述べるあらゆる見解は、彼らの持っている基本的観念がよりどころになっている。批評家があらわすあらゆる批評も、基本的観念がよりどころになっている。例えば白居易が詩を批評する際の基本的観念は「為政者の政治を正したり、人民の思いを伝えたり」するはたらきがあるかどうかというものである。そこで白居易は、晋・宋・梁・陳代の詩人に不満の意をあらわして次のように述べているのである。「晋・宋より以降、『詩経』の精神を継承しているものは少ない。謝霊運は奥深く、且つ広い趣きがありながら、山水の景色に溺れることが多く、陶淵明は高邁で古雅な趣きがありながら、ひたすら田園で気ままな生活を送った。江淹や鮑照といった輩は、さらにこれより狭いものがある。梁鴻の五噫の歌というものは百に一つ、二つではないか。この時、六義の精神は段々と衰微していったのである。次第に衰えて梁・陳の時代になると、だいたい風や雪と戯れ、花や草を弄ぶといったものに過ぎなくなった。……この時、六義はすべて無くなった[九]」……

哲学家的一切見解、以他的根本観念為出発点；批評家的一切批評、也以他的根本観念為出発点。譬如白居易対於詩的根本観念是「上以補察時政、下以洩導人情」由是不満意晋・宋・梁・陳的詩人、説：「晋・宋已遠、得者蓋寡。以康楽之奥博、多溺於山水；以淵明之高大、偏放於田園；江、鮑之流、又狭於此；如梁鴻《五噫》之例者、百無一二。於時六義寖微矣。陵夷至於梁・梁間、率不過嘲風雪、弄花草而已！……於時六義尽去矣！」

羅氏によれば批評家は自身の基本的観念（根本観念）に基づいて個々の作品を評価していると言う。羅氏がここで言う基本的観念（根本観念）とは、評価基準などと言い換えることもできよう。そして白居易の場合は「為政者の政治を正したり、人民の思いを伝えたり」するはたらきがあるかどうかを基準に詩を評価しているからこそ、晋から陳代に至る非社会的、非政治的な詩を厳しく否定していると言う。続いて羅氏は次のように述べている。(一〇)

以上のことから基本的観念は（作家や作品をそのように批評する）原因となるものであり、作家や作品に対する批評は、その結果であることが分かる。原因から結果を推し量ることができ、結果は原因を知る手だてとなり得るものである。従って、（『文学批評史』を書く上で）基本的観念はかならず記す必要があるが、作家や作品に対する批評は、基本的観念を知る手だてとなるものを指摘するに止めておけばよく、必ずしも一つ一つを列挙する必要はない。なぜならばそれは基本的観念から推し量ることができるからである。

……由此知根本観念是因、対於作家作品的批評是果；由因可以知果、由果可以証因。故根本観念需要闡述、対作家作品的批評、則取足証明根本観念而止、不必一一臚列、因為那是可以推知的。

羅氏によれば『文学批評史』において各々の批評家の文学論を説明する際には、まずその批評家がどのような基本的観念（根本観念）を持っていたのかをしっかり捉え、それを必ず明記しないとならないと言う。それに対して批評家が下した作家や作品に対する評価のすべてを列挙する必要はないと言う。

翻って鈴木氏らの文学論研究のあり方をいま一度確認し直してみたい。鈴木氏らは、白居易が「長恨歌」「雑律詩」や、陶淵明、謝霊運などの詩を肯定しているのか、否定しているのかということを捉えようとしていたが、そのように評価を下した背後にある基本的観念（根本観念）、すなわち評価基準については十分には目を向けていなかったと言えないだろうか。

　それでは白居易はいかなる評価基準に基づいて陶淵明の詩を評価しているのだろうか。次にそれを再検討してみたい。

　まず「元九に与ふるの書」では、『詩経』の「六義」の精神にかなっているかどうかを基準にして歴代の詩を評価している。従って陶淵明の詩についても「超俗的（高古）」だが、「六義」に則した思想内容がないと否定してたのである。謝霊運の詩や自身の「長恨歌」「雑律詩」も同様の理由から否定されている。

　これに対して「潯陽楼に題す」詩、「陶公の旧宅を訪ぬ」詩、「潯陽楼に題す」詩では、「六義」の精神に適っているかどうか、また社会政治の役に立つのかという点から陶淵明の詩を評価しているわけではない。まず「潯陽楼に題す」詩では大酒を飲んで我を忘れるほどに酔っぱらっている時に、わが意を得たと陶淵明の詩を評価しているのだから、ここで評価されているのは陶淵明の飲酒詩だと推察できる。実際に「陶潜の体に効ふ詩」の内容を見てみると、人生の短さに対する悲哀とそれを解消する酒がテーマになっている。

　また「陶公の旧宅を訪ぬ」詩では操を守って田園に閑居した陶淵明の人となりが「腸中には食充ちず、身上には衣完からず、連《しき》りに徴《め》されども竟《つい》に起たず、斯れ真賢と謂ふ可し」と評価されている。そして「潯陽楼に題す」詩では、陶淵明の詩の「詩想（文思）」の「高雅（高玄）」さが評価されているのである。

　以上のように言説ごとに陶淵明を評価する際の着眼点が異なっているので、言説ごとに評価のあり方も異なっていたのである。つまり白居易の考えに基づけば、陶淵明の詩は「六義」の精神に適っているかどうかという面では十分ではないが、人生の短足を嘆く飲酒詩、人柄の高潔さ、「詩想（文思）」の「高雅（高玄）」さに関しては高く評価できると言うことである。いかなる基準によって詩を評価しているのかという点に着目すると、白居易の主張は言説間で矛盾しているわけではないことが分かる。いくら陶淵明の詩を賞讃する発言が、後半生において多いからといって、「元九に与ふるの書」における陶淵明詩の否定が彼の本心でないとは言えない。政治的・教化的効用を備えた詩を重視する立場から陶淵明の詩を否定するということが、白居易の文学論の一面として確かに存在するのである。小論ではこの点を強調しておきたい。

　ではなぜ白居易の文学論は言説によって詩文の評価基準が違うのだろうか。またその意味をどう考えればよいのだろうか。恐らく白居易は、自身が置かれた政治的立場に応じて着眼点を変えているのではないかと言える。すなわち科挙の受験生の時や中央官吏の時は、特に政治的・教化的効用の有無に着目して詩を論じる場合が多い。制挙の時に書いた「策林」や左拾遺の時に書いた「新楽府の序」などがそれに当たる。そして「元九に与ふるの書」は江州司馬に左遷され、長安から江州に向かう途中に書かれたものであるから、政治的な面と非政治的な面が微妙な形で混在していると言える。

　これに対して朝廷から離れている時は、主に非社会的・非政治的な面から詩を批評する場合が多い。母の喪に服して下邽に蟄居していた時に書いた「陶潜の体に効ふ詩」や左遷されて江州にいた時に書かれた「陶公の旧宅を訪ぬ」詩「潯陽楼に題す」詩は、まさしくそれに当たる。

　ただし白居易は中央官吏に身を置いている時も非政治的な面から詩を論じる場合もあり、また朝廷から離れている時に政治的な面から詩を論じる場合もある。すなわち青年期から晩年期に至るまで政治的な面と非政治的な面が対立することなく存在しているのが白居易の文学論の特徴なのである（二）。どちらか一方の発言こそが白居易の本音であり、もう一方は本音ではないと見なすことはできないのである。

②言説の通りに実作を作っていないことについて

次に、白居易は自身が述べた言説の通りに実作を作っていないという問題について考えたい。静永氏によれば、「新楽府の序」で表明された考えの通りに「新楽府」は制作されていないと言う。静永氏の説を検討する前に白居易が「新楽府の序」においていかなる創作態度を表明しているのかを確認しておきたい。

其の辞 質にして径なるは、之を見る者をして喩《さと》り易きを欲すればなり。其の言 直にして切なるは、之を聞く者をして深く誡むるを欲すればなり。其の事 覈にして実なるは、之を采る者をして信を伝へしむればなり。其の体 順にして肆なるは、以て楽章歌曲に播すべきなり。総じて之を言へば、君の為、臣の為、民の為、物の為、事の為に作りて、文の為に作らざるなり。

其辞質而徑、欲見之者易喩也。其言直而切、欲聞之者深誡也。其事覈而実、使采之者伝信也。其体順而肆、可以播於楽章歌曲也。總而言之、為君、為臣、為民、為物、為事而作、不為文而作也。

ここで白居易は、「事実をありのまま（其事覈而実）」に描くことに注意を払って「新楽府」を制作したと述べている。しかし、静永氏によれば、実際の白居易の「新楽府」を見てみると、「事実をありのまま（其事覈而実）」に描いた部分よりも、むしろ脚色を加えた部分が多いという。例えば「伝戎人」詩は、「先の小説として発表された作品を映画やテレビドラマの脚色に改める現代のシナリオライターの操作に極めて近い」特徴があり、「詩歌として読者の感情に如何に訴え掛け得るか」を考慮して創作されていると言う。そこで静永氏は、「新楽府の序」における「事実をありのまま（其事覈而実）」に描くという発言を真意ではないと見なし、「新楽府」の実作のあり方から、白居易の真の創作態度はいかなるものであったのかを検討している。

また静永氏は、「元九に与ふるの書」における「閑適詩」「感傷詩」の定義も実作とかけ離れていると指摘する。例えば「感傷詩」に収められている「禁中の月」詩には次のようにある。

1海上明月出　海上に　明月出で
2禁中清夜長　禁中　清夜長し
3東南楼殿白　東南に　楼殿白く
4稍稍上宮牆　稍稍として宮牆に上る
5淨落金塘水　淨落す　金塘の水
6明浮玉砌霜　明浮す　玉砌の霜
7不比人間見　比せず人間に見ゆる
8塵土汚清光　塵土の清光を汚すに　（※書き下し文も静永氏のものによる）

この「禁中の月」詩は、宮中から仰ぎ見る月の「俗世を離れた一種の清らかさ」が詠われているのであるから、「元九に与ふるの書」において「足るを知り和を保ち、情性を吟玩する者」と定義されている「閑適詩」に分類するほうが適当だと静永氏は指摘する。

また「閑適詩」のほうにも「元九に与ふるの書」における定義と一致しないものがあると言う。例えば「弄亀羅」詩という「閑適詩」には次のようにある。

1有姪始六歳　姪有り始めて六歳
2字之為阿龜　之れに字して阿龜と為す
3有女生三年　女有り生まれて三年

4其名曰羅兒　其の名をば羅兒と曰ふ
5一始学笑語　一は始めて笑語を学び
6一能誦歌詩　一は能く歌詩を誦んず
7朝戯抱我足　朝に戯れて我が足を抱く
8夜眠枕我衣　夜に眠りて我が衣を枕とす
9汝生何其晩　汝生まるること何ぞ其れ晩きや
10我年行已衰　我が年行く已に衰へんとす
11物情少可念　物情　少くして念ふべく
12人意老多慈　人意　老ひて多く慈し
13酒美竟須壊　酒美きも　竟には須らく壊ゆるべし
14月圓終有虧　月圓なるも　終には虧くる有り
15亦如恩愛縁　亦た　恩愛の縁の
16乃是憂惱資　乃ち是れ　憂惱の資なるが如し
17挙世同此累　世を挙げて　此の累を同にす
18吾安能去之　吾れ　安んぞ能く之れを去らん　（※書き下し文も静永氏のものによる）

十五句目から十六句目にかけて「亦た 恩愛の縁の、乃ち是れ 憂惱の資なるが如し、世を挙げて 此の累を同にす」というように子供に対する愛情が詠われているが、これは「事物の外より牽かれ、情理の内に動き、感遇に随ひて歎詠に形《あらは》るる者」と定義される「感傷詩」に相応しい内容だと静永氏は指摘する。静永氏は「元九に与ふるの書」における詩集四分類の定義を「意を尽くしたものではない」と見なしている。そして「閑適詩」と「感傷詩」の真の分類基準はまた別にあると考え、実作のあり方からそれを検討している。

以上のような静永氏の研究方法は妥当なものなのだろうか。そもそも文学論研究とは何なのだろうか。次にこれらの問題について考えていきたい。

近代以前の中国の文学論は、大きく次の二つに分けられる。一つは「文学とは何か」「文学はどうあるべきか」を議論した「文学理論」である。もう一つは過去もしくは同時代の作品の優劣を批評した「文学批評」である。前者の代表としては『文心雕龍』が、後者の代表としては『詩品』があげられる。両者は論述のスタイルは異なるがともに近代以前の中国人の文学に対する理念が表明されているという点で共通している。

そして文学論研究とは、「文学理論」や「文学批評」に関する言説を通して、近代以前の中国人の文学に対する理念を追跡することにほかならない。従って文学論研究を行う上では、まず第一に文学にまつわる言説を精読して、その中にあらわされている理念を明確に捉えることが大前提となる。例えば「新楽府」に対する白居易の考え方を捉えるのであれば、白居易自身がいかなる理念に基づいて「新楽府」を制作したと述べているのかを捉えることが大前提となる。

無論、実作を見てみれば、静永氏が指摘するように白居易が表明した理念と一致しない作品も存在しよう。しかし文学論研究の立場から言えば、まずは詩人自ら表明している理念をそのまま受け入れなければならないはずである。何故ならば、くり返し述べるが白居易の文学に対する理念を捉えることが白居易文学論研究だからである。理念と一致しない実作があるというのは、理念を捉えることとは別の問題である。

してみると、白居易自身が表明した理念それ自体の意義を否定してしまっていた静永氏の研究は、文学論研究の前提を踏み外していると言わざるを得ない。もちろん理念と一致していない実作が存在するという静永氏の指摘そのものは、極めて重要である。しかし文学論研究の立場から言えば、いくら理念と一致していない実作があったとしても、理念そのものの価値は減じないはずである。

（四）おわりに

本節では、日本人研究者によって指摘されてきた白居易の文学論の二つの問題について検討した。第一は白居易の文学にまつわる主張は言説間で矛盾しているという問題である。第二は白居易は自身が述べた言説の通りに実作を作っていないという問題である。

まず前者の問題については次のように言える。すなわち、白居易の文学論は、詩文を評価する基準や着眼点が言説ごとに異なっていたため、同一の詩人や作品を評価する場合でもある言説では肯定しているのに、他の言説では否定しているというように評価のあり方が異なっていたのである。白居易の文学にまつわる主張は言説間で矛盾しているわけではなく、ましてや一方の言説こそが白居易の本音で一方の言説は本音ではない、とは言えない。

次に後者の問題は、文学論研究の立場からすれば、ひとまず取り上げる必要はないと言える。白居易文学論研究とは、白居易の文学に対する理念や考え方を捉えることである。白居易自身が述べた理念と一致しない実作があったとしても、まずは白居易の言説を受け入れないことには文学論研究は成り立たない。白居易自身が述べた言説から離れて、実作のあり方から白居易の創作態度を検討しようとした静永氏の研究は少なくとも文学論研究とは一線を画すべきであろう。

注

（一）顧学頡校点『白居易集』（中華書局・中国古典文学基本叢書　一九七九）〔紹興本を底本にしている〕に収録されている作品数。

（二）下定雅弘「日本における白居易の研究（戦後を中心に）上―『文集』の校勘及び諷諭詩・「長恨歌」の研究―」（『帝塚山学院大学研究論集』二三　一九八八）・下定雅弘「日本における白居易の研究（戦後を中心に）下―閑適詩・詩風の変化・思想等についての研究―」（PACIFICA創刊号　一九八九）・下定雅弘「戦後日本における白居易の研究」（『白居易研究講座』第七巻　勉誠出版社　一九九八所収）及び『白居易研究年報』の各号の巻末に附されている、下定雅弘「日本における白居易の研究」

（三）下定氏は「戦後日本における白居易の研究」（『白居易研究講座』第七巻　一九九八所収）では「詩論・四分類」という項目を設け、次の著書や論考を紹介している。

①太田次男『諷諭詩人　白楽天』（集英社『中国の詩人』シリーズ一〇　一九八三）

②高木重俊「白居易の閑適詩」（「東書国語」二七三　一九八七所収）

③高木重俊「白居易『元九に与うる書』―「諷諭詩」と「閑適詩」」（伊藤虎丸・横山伊勢雄編『中国の文学論』汲古書院　一九八七所収）

④成田静香「『白氏長慶集』の四分類の成立とその意味」（『集刊東洋学』六一　一九八九）

⑤下定雅弘「白居易の感傷詩」（『帝塚山学院大学研究論集』二四　一九八九・『白氏文集』を読む」勉誠出版社　一九

九六所収）
⑥川合康三「白居易閑適詩攷」（「未名」九　一九九一）
⑦静永健「白居易における詩集四分類についての一考察―特に閑適詩・感傷詩の分岐点をめぐって」（中国文学論集二〇　一九九一）
⑧成田静香「白居易の詩の分類と変遷」（『白居易研究講座』第一巻　勉誠出版社　一九九三所収）
⑨興膳宏「白居易の文学観―『元九に与うる書』を中心に」（『白居易研究講座』第一巻　勉誠出版社　一九九三所収）
⑩笠征・張少康「白居易和中唐的詩歌理論」（『福岡大学人文論叢』二五-三〔通巻九八〕一九九三・『中国文学理論批評発展史（上）』第十二章「皎然、白居易与中唐詩歌理論的発展」北京大学出版社　一九九五）
⑪下定雅弘「白居易の『与元九書』をどう読むか―四分類の概念の成立をめぐって」（『帝塚山学院大学研究論集』二九　一九九三・『白氏文集を読む』勉誠出版社　一九九六所収）

ただしこれらの論考は、下定氏が掲げた項目が示す通り、主に詩集四分類の問題を中心に論じたものであり、白居易の文学論全体の問題については十分に論じていない。またどちらかと言うと白居易の人生観や政治観を明らかにしようとしたものが多い。

（四）鈴木虎雄「白楽天の詩説」（『白楽天詩解』弘文堂　一九二七）

（五）興膳宏「白居易の文学観―『元九に与うる書』を中心に」（『白居易研究講座』第一巻　勉誠出版社　一九九三所収）また興膳宏『中国文学理論の展開』（興膳宏『中国文学理論研究集成』②清文堂出版　二〇〇八）に再録されている。

（六）静永健「詩集四分類の構想」（『白居易「諷諭詩」の研究』勉誠出版社　二〇〇〇所収）〔初出は「白居易における詩集四分類についての一考察―特に閑適詩・感傷詩の分岐点をめぐって」（中国文学論集二〇　一九九一）〕静永健「白居易「新楽府」

の創作態度」（『白居易「諷諭詩」の研究』勉誠出版社　二〇〇〇所収）〔初出は静永健「白居易「新楽府」の創作態度」（『久留米大学文学部紀要国際文化学科編』第十二・十三合併号　一九九八）〕

（七）白居易の詩文の制作年代は、花房英樹『白氏文集の批判的研究』（彙文堂　一九六〇）の巻末に付されている「総合作品表」に基づく。

（八）羅根澤『中国文学批評史』・第一篇「周秦文学批評史」・第一章「緒言」（上海書店出版社　二〇〇三版）〔二四～二五頁〕

（九）「元九に与ふるの書」の訳は岡村繁訳註『白氏文集』（五）（新訳漢文大系　明治書院　二〇〇四）〔三五六頁〕によった。

（一〇）「為政者の政治を正し、人民の思いを伝える（上以補察時政、下以洩導人情）」は「元九に与ふる書」に見える言葉である。

先に確認したように白居易は朝廷から離れている時には高潔な人柄や「詩想（文思）」の「高雅（高玄）」さに着目して陶淵明の詩を評価しており、白居易はすべての詩を政治的・教化的効用が備わっているかという点から評価しているわけではない。このような基準で詩を評価しているのは、本節で例示した文章の中では「元九に与ふるの書」のみである。この点については興膳氏が指摘するように白居易が述べた言説を全般的に検討し、彼が多様な着眼点から詩を評価していることを明らかにする必要があろう。

（一一）下定雅弘氏によれば、『白氏長慶集』は「京官への執着（第一の葛藤）と閑居・帰隠の願望（第二の葛藤）との二つの葛藤の間を揺れ動く、激しい葛藤を土台に成立して」おり、『後集』以後は、「『中隠』（京官願望と閑居の願望との妥協案）とより高位の京官への執着との間をかすかに揺れる、微弱な葛藤を土台にしている」と言う。（「白居易詩の転形期―江州時代から杭州時代へ―」（『白氏文集を読む』勉誠出版社　一九九六所収）〔三五六頁〕文学論を検討する場合も、下定氏のこうした指摘を念頭に置くべきであろう。

第二節　中国における白居易文学論研究

（一）はじめに

前節で確認したように日本では白居易の文学論は必ずしも十分に研究されて来なかった。これに対して中国では盛んに研究されてきた。(一) 例えば民国以降、陸続と刊行されている文学批評史や文学理論史のほとんどには白居易の文学論について論じた章が設けられている。また白居易の文学論に関する論文も多い。(二)

民国成立から八十年代後半に至る、中国の白居易研究の歴史をまとめたものに蹇長春氏の「八十年来中国白居易研究述略」(三) という論考がある。蹇氏はこの論考の中で「白居易詩論的成就与局限」という節を設けて中国における白居易の文学論研究のあり方をまとめている。蹇氏によれば、中国ではいかに「進歩」的かという点から白居易の文学論が論じられて来たと言う。冒頭で次のように述べている。

白居易は、「元九に与ふるの書」に代表される詩論の中で、人民の苦しみを心にかけ、「時の為、事の為に作る」という進歩的な主張をした。これは、白居易が中国文学史において高い評価を受けている理由の一つである。この点については学界の見方は基本的に一致している。ただ、いかに適切に節度をもって白居易の主張の成果と限界を扱うのかについて、さらに彼の詩論を「現実主義理論」（特に成功した現実主義理論）と称してよいか否かということの二点について、やや大きな見解の相違が存在している。

> 白居易在其以《与元九書》為代表的詩論中、提出了関心民瘼、為時為事而作的進歩文学主張。這是他在我国文学史上受到高度評価的原因之一。対此、学術界的看法基本上是一致的。只是在如何恰切而有分寸地看待他的文学主張的成就与局限、以及其詩論是否可以称為「現実主義理論」（特別是「成就的現実主義理論」）這両点上、還存在着較大分岐。

蹇氏によれば、中国では白居易の詩論は「進歩」的だとして概ね高く評価されて来たと言う。「進歩」的とは、白居易が人民の苦しみを心にかけ（関心民瘼）たり、時の為、事の為に作る（為時為事而作）と主張したことを指している。そして蹇氏はこれらを白居易の詩論の成果（成就）だと見なしている。

またもう一方で蹇氏は、白居易の詩論の限界（局限）にも言及している。限界（局限）とは、封建時代の制約を受けて生じた「進歩」的ではない部分を指す。具体的には封建社会を護持する考えを持っていた点や、詩歌の芸術美を軽視していることなどである。

蹇氏によれば中国では、以上のような白居易の詩論の成果（成就）と限界（局限）をどう評価するのかについて意見が分かれているのだと言う。そして白居易の詩論は果たして「現実主義理論」と言い得るのかどうかが議論されてきたと言う。

「現実主義理論」とはリアリズムの訳語である[四]。特に中華人民共和国成立以降、マルクス文芸理論を信奉する文学者たちはリアリズムの文学を重要視した。リアリズムの文学が最も「進歩」的な文学だと見なされていたのである。

蹇氏が例示する中国の研究のあり方にはそれぞれ問題がある。それだけでなく研究史をまとめる蹇氏の視点にも問題がある。本節では、それらの問題点を提示し、いかに白居易の文学論を研究すべきかについて私見を述べたい。

（二）民国時代〜八十年代後半の白居易文学論研究の概略〔蹇氏の論考のまとめ〕

ここではまず、蹇氏の論考に基づいて、民国時代から八十年代後半に至る中国の研究の概略を見ていきたい。（五）蹇氏の論考に基くと、民国成立から八十年代後半に至る研究は大きく次の四期に分けることができる。

第一期は民国成立（一九一二年）から中華人民共和国成立（一九四九年）までである。この時期は、五四運動が起こり、それを受けて社会的功利性を説く白居易の詩論が重要視された。特に白居易の詩論が「写実主義」や「人生の為の文学」を標榜したものと見なされ高く評価された。

第二期は中華人民共和国成立（一九四九年）から文革（一九六六年）までである。この時期は白居易の詩論が「現実主義理論」にかなっていると認められ賞讃された。

第三期は文革後（一九七七年）から八十年代前半期までである。この時期は白居易の詩論の「現実主義理論」にかなっていない部分が大きく取り上げられ、それらが否定された。

第四期は八十年代後半である。この時期になると「現実主義理論」にかなった部分とそうでない部分とを公平に評価する研究がなされるようになった。蹇氏はこの時期の研究を最も高く評価している。

①民国時代（一九一二年〜一九四九年）

はじめに民国時代の研究を見ていきたい。蹇氏によれば、民国時代には五四運動以後、現実社会の変革に役立つ文学を求める風潮が生まれ、社会的功利性の色合いを帯びた白居易の詩論が重視され高く評価されたと言う。蹇氏は、白居易の詩論の社会性を高く評価した研究者として胡適氏・鄭振鐸氏・朱東潤氏をあげている。この三氏は、白居易の詩論を「写実主義」や「人生の為の芸術」を標榜したものと見なし褒め称えていると言う。例えば胡適氏があらわした『白話文学史』[六]（一九二八年）には次のようにある。

　白居易と元稹はともに意識的に文学の改良運動をおこした人である。彼らの根本的な主張は、現代の言葉に翻訳すれば「人生の為に創作する」ことだと言えるだろう。

　白居易与元稹都是有意作文学改新運動的人。他們的根本主張、翻成現代的術語、可説是為人生而作！〔傍点・秋谷〕

また鄭振鐸氏があらわした『挿絵本中国文学史』[七]（一九三二年）も、白居易の「元九に与ふるの書」における発言を「人生の為の芸術」を主張したものと見なし褒め称えている。

　白居易は「元九に与ふる書」において「文章は合《まさ》に時の為に著すべく、歌は合《まさ》に事の為に作るべし」と述べている。彼は「人生の為の芸術」という考えを一貫して持っていたのである。

　他与元九書説、「文章合為時而著、歌合為事而作」他是徹頭徹尾抱着人生的芸術之主張的。〔傍点・秋谷〕

蹇氏によれば、胡適氏・鄭振鐸氏・朱東潤氏が述べる「写実主義」や「人生の為の芸術」とは「現実主義理論」のことであり、西洋の文学理論が中国に輸入されたばかりの民国時代では「現実主義理論」のことを「写実主義」や「人生の為の芸術」と呼んだと言う。白居易の文学論を「現実主義」と見なす萌芽は民国時代からあったと蹇氏は指摘する。

②中華人民共和国成立（一九四九年）～文革（一九六六年）（「成就」に着目した研究）

続いて中華人民共和国成立（一九四九年）から文化大革命（一九六六年）までの研究を確認したい。蹇氏によればこの時代は「現実性」や「人民性」に富んだ白居易の詩論が「現実主義」にかなっていると学界で高く評価され、時には持ち上げられすぎる傾向があったと言う。例えば北京大学中文系五五級学生編『中国文学史』（八）（一九五九年）では白居易を「偉大な現実主義詩人」と賞讃し、劉大傑氏も『中国文学発展史』（九）（一九五八年）において白居易を「現実主義の戦士」と見なし、さらに游国恩主編『中国文学史』（一〇）（一九六三年）も「傑出した現実主義詩人」だと評価していると言う。

ただし蹇氏によれば、白居易の文学論を「現実主義」と見なす考えに慎重な態度を取った研究者もいたと言う。例えば何其芳氏は『新詩話』六『文学知識』（一一）（一九五九年）において、白居易の詩論を「進歩」的だと認めた上で、「詩歌のはたらきや題材に対する見識がいささか狭隘（把詩歌的作用和詩歌的題材範囲看得比較狭窄了一些）」だと非難し、「ある部分においては完全な現実主義理論とは言えない（有的甚至説是全面的現実主義的理論這不恰当）」と述べていると言う。

また何其芳氏が中国科学院研究所所長に在任している時に責任編集した『中国文学史』（一二）（一九六二年）にも次のようにある。

> 白居易が、統治階級のために服務しようとする考えを持っていたことは明らかである。彼の立場や観点は私たちの今日的な立場や観点とは同じではない。彼が言う「事実をありのままに描いた（覈実）」〔秋谷注・白居易が「新楽府の序」で述べた言葉〕は、私たちが今日で言う現実主義の創作方法とも区別すべきものである。
>
> 他的為統治階級服務思想是很明白的。他的立場観点和我們今天的立場観点不一様。他所謂的「覈実」、同我

們今天的現実主義創作方法也還有区別。

蹇氏の指摘に基づけば、中華人民共和国成立以後に書かれた中国文学史や論文はいずれも白居易の詩論を「現実主義」と関係づけて論じていることが分かる。このような現象が起こった原因について蹇氏は説明をしていないが、これは第二回文代大会（一九五三年）において「現実主義」文学が国家の正統な文学であると認定されたことが大きな要因であると言える。

③文革後（一九七七年）～八十年代前半（「局限」に着目した研究）

続いて文化大革命後（一九七七年）から八十年代前半に至る研究を見ていきたい。蹇氏はこの時期の研究を「白居易の詩論に対する評価は、総じて客観的に分析した上で肯定される方向にあったが、過度に要求し否定する傾向も一度はあらわれた」とまとめている。蹇氏がここで言う「過度に要求し否定する傾向」とは、白居易の文学論に「完璧さ」を求め過ぎて、「現実主義」にそぐわない「欠点」ばかりを強調する論文が多くあらわされるようになったということらしい。すなわち六十年代に何其芳氏が表明した見解が一般的に認められるようになったということであろう。

例えば霍松林氏は『白居易詩訳析』[一三]（一九八一年）の前言で白居易の詩論の限界（局限）を次のように指摘していると言う。

白居易は、民の苦しみを述べ、人民の思いを伝えることを詩歌の責務と考える現実主義理論を打ち出した。……しかし、白居易は「民の為」に詩歌を制作することと「君の為」に制作することの区別をしておらず、これが白居易の創作に限界をもたらした。

白居易提出了詩歌以反映民間疾苦、表達人民情感為職責的現実主義理論。……把「為民」和「為君」混為一、

這給他的創作帯来了局限。〔傍点・秋谷〕

また褚斌傑氏も『中国歴代著名文学家評伝』二「白居易」[一四]（一九八三年）において、白居易の詩論を「直接に社会や政治を詠った作品のみを重んじ（只看重或肯定那些直接歌詠社会政治的作品）」、詩歌の芸術性を軽視したものと見なし、「偏頗」だと評価していると言う。

八十年代半ばには『光明日報』の文学遺産特別欄において白居易の詩論が「現実主義理論」と言い得るかどうかについて熱論が繰り広げられたが、この一連の論争は、白居易の文学的成果、特にその詩論に対してあまりに完全を求め、低く評価し過ぎる傾向があったと言う。

④八十年代後半（「成就」と「局限」を公平に評価した研究）

蹇氏は八十年代後半に発表された論考を高く評価している。特に蹇氏が高く評価している論考は、袁行霈氏の「白居易的詩歌主張与詩歌芸術」[一五]である。蹇氏によれば、袁氏は白居易の詩論の成果（成就）と限界（局限）を深くかつ慎重な分析していると言う。具体的には白居易の文学論の成果（成就）として封建統治に反抗する意義があったことや現実を反映した詩歌を提唱していることを挙げている。とりわけ時事を諷諭したり民間の疾苦を反映するように求めている点は、白居易の詩論の精華であると賞賛していると言う。袁氏はもう一方で白居易の詩論の限界（局限）として芸術形式を軽視している点を挙げている。

白居易は、「芸術における真実」と「実生活における真実」を区別しなかった。従って「ありのままに事実（核実）」を描くことを過度に強調し、虚構と誇張と空想を排斥し、詩歌を事実の報道としてしまい、ひいては押韻した上奏文のようにしてしまったのである。……詩歌の思想内容を第一に強調したのは全く正しかった。しかし芸術の形式については重視が足りなかった。これは元結から皮日休に至るすべての中晩唐期の現実主義詩論の欠陥だと言える。

没有把芸術的真実与生活的真実区別開来。因而過分強調「核実」、排斥虚構・誇張・幻想、使詩歌成為真人真事的報道。甚至近似押韻的奏章。……首先強調詩歌的思想内容是完正確的、但対芸術形式却重視不够。這可以説是従元結到皮日休整個中晩唐現実主義詩論的欠陥。〔傍点・秋谷〕

ここで袁氏は、芸術の形式を軽視している点を白居易の詩論の「欠点」だと非難している。(二六) こうした見解は、八十年代前半の褚斌傑氏の指摘と軌を一にすると言えるだろう。

(三) 民国時代から八十年代後半に至る白居易文学論研究の問題点について

次に中国の白居易文学論研究の問題点について考えていきたい。蹇氏の論考に基づけば、民国時代から八十年代後半にかけては、封建統治に反抗する「進歩」性があるかどうか、「現実主義理論」にかなっているかどうかといった点から白居易の文学論が論じられてきたことが分かる。すなわち国是とされたマルクス主義の文芸論と同様の要素が備わっているかどうか、ということが議論されてきたのである。そしてマルクス文芸理論と一致する部分を成果（成就）だと評価し、一致しない部分を限界（局限）だと否定していたのである。

また研究史をまとめている蹇長春氏も同様の視点にあったと言える。すなわち蹇氏はいずれの論考が公平に白居易の詩論の成果（成就）と限界（局限）を評価しているのか、という視点から研究史をまとめていたのである。

中華人民共和国成立以降、現代の文学理論を絶対視する研究が提唱されていた。それを示す例として次にあげる周勛初氏の『中国文学批評小史』(一七)(一九八一年)の緒言がある。

近代以前の中国の文人が詩文を評論する際には、当然ながら彼らの共通の言語が存在した。しかし、時代を経ることで、これらの語彙は後の時代の人々にとってしばしば理解しがたく、時には曖昧な感覚をも抱かせずには置かなくなった。現代人が読むに足る批評史を書くには、現代の文学理論で通用している言葉を用い、近代以前の詩文批評の伝統の束縛から自由になる必要がある。

古代文人評論詩文時、当然也有他們的共同語言、但因時代不同、他們使用的一些詞彙、后人往往難於掌握、有時甚至還会使人起含糊不清的感覺。写作供当代人閲読的批評史、最好能够遵用現代文学理論上通用的名詞術語、擺脱古代詩文評伝統的束縛。

周氏は、現代の人々にとって理解しがたい近代以前の詩文評論の語彙(「気」や「風骨」や「興趣」など)を現代の文学理論の用語に置き換えて捉えるべきだと主張している。しかし近代以前の文学論と近代の文学論とは本質的に異なるものである。例えば白居易が主張する「美刺」説は、現代の「現実主義理論」とは根っこから異なるものである。であるから近代以前の批評用語を安直に現代の文学理論の用語に置き換えることなど、そもそもできないはずであろう。

恐らく周氏は現代の文学理論を絶対視し、それと異なるものとしての近代以前の文学論の意義を全く認めていなかったのだろう。実際に周氏は『中国文学批評小史』で、マルクス文芸理論の立場から白居易の詩論を次のように批評している。

白居易は(「元九に与ふるの書」において)詩歌の伝統という観点から歴代の文学を論じる際に、「李白の作品は、才能にあふれ、独創性があるという点では、誰も及ばない。ところが、彼の作品中に『詩経』以来の教化の精神や批判精神を捜してみても、それは微塵もない」と述べている。一方、杜甫の詩についても、後世に伝えるべきものは千余種あるが、「新安吏」「石壕吏」などの指を屈するに足る優れた作品は三四十首程度しかないとしている。しかし杜甫は現実に役立つ作品を努めて書こうとしたのであるから、この評価基準はいささか狭隘にすぎるようだ。……当時の状況において、白居易や元稹が現実主義精神に富んだ詩篇を書くことを主張したのは、政治に関心を寄せていたということを示すものである。

白居易更従詩歌伝統方面加以論証、認為「李之作、才矣奇矣、索其風雅比興、十無一焉」。杜詩可伝者千余首、而象「新安吏」「石壕吏」等可以数得上的優秀作品也只有三四十首（「与元九書」）、他要大力写作這類有補現実作品。這種批評標準未免過於狭隘……在当時的状況下、他們要求写作富於現実主義精神的詩篇、表現出関心政治的特点。〔傍点・秋谷〕

ここで周氏は、李白や杜甫の詩に対する評価基準を「狭隘」だと批判しつつ、「現実主義」の精神に富んだ詩篇を制作すべきと主張したことについては高く評価している。

それでは、中国では八十年代後半まで現代の文学理論を絶対視した周氏のような研究しかなされて来なかったのだろうか。必ずしもそうではない。例えば民国時代に書かれた郭紹虞氏の『中国文学批評史』[一八]（一九三四年）の緒言には、近代以前の文学批評の言説を客観的に捉えようとする態度が表明されている。郭氏は次のように述べている。

私は（文学批評史を書く際に）主観的な要素を避け、独断的な調子を少なくするよう極力努めた。したがって古の人が書いた文学理論について説明することに重きを置き、批判・批評することには重きを置かなかったのである。もし古の人の説に納得ができなかったとしても、彼の主張と、彼がそのように主張するように到ったわけを冷静に説明するよう心がけた。なぜこのようにしたのかというと、この書は古人の説を叙述するものであって、それをほめたたえるものではないからである。またこの書は文学批評史であって文学批評ではないからである。総じて言えば、古人の理論の中において、古人の姿をそのまま保とうとしたということである。

　我總想極力避免主觀的成分、減少武断的論調。所以対於古人的文学理論、重在説明而不重在批評。即使対於昔人之説、未能愜懐、也總想平心静気地説明他的主張、和所以致此的縁故。因為、這是叙述而不是表彰、是文学批評史而不是文学批評。總之、我想在古人的理論中間、保存古人的面目。

郭氏は『文学批評史』をあらわす際、古人の文学論を批判したり、批評することには重きをおかず、古人の主張とそのように主張するに至ったわけを冷静に説明するように心がけたと述べている。郭氏のこうした研究態度は、マルクス文芸理論を絶対視し、近代以前の文学論の「正しさ」を議論する研究とは全く異なると言える。このように民国時代には客観的な文学論研究をめざす研究者もいたのである。

　しかし郭氏はこの二十五年後に書いた『中国古典文学理論批評史』[一九]（一九五九年）の緒言では研究態度を一変させている。

　古代の哲人は、非常に古くから文学の使命は人々の暮らしぶりを再現することにあると指摘しており、文学によって人民を教化しようとしていた。従って古典文学の優良な伝統は、基本的に現実主義だと言うことができる。すなわち中国古典文学理論批評史は、現実主義の文学批評の発生と発展の歴史だと言うことができるのである。それはまた現実主義の文学批評と反現実主義の文学批評の闘争の歴史でもある。

　古代哲人很早就指出文学的使命是再現生活、要求文学的作用能教育人民、所以古典文学的優良伝統、可以説基本上是現実主義的、中国古典文学理論批評史可説是現実主義文学批評発生発展的歴史、也就是現実主義文

学批評和反現実主義文学批評闘争的歴史。〔傍点・秋谷〕

ここでは郭氏は近代以前の文学にも「現実主義」にかなう「優良」な伝統があったと指摘し、文学批評史の歴史は、「現実主義」の文学批評の発展の歴史でもあったと述べている。すなわち郭氏は中華人民共和国以後、最も「進歩」的とされた「現実主義」を絶対視する立場から文学批評史を捉えようとしているのである。

以上のように郭氏の研究態度は中華人民共和国成立を期に百八十度変化している。恐らく中華人民共和国成立直後、文学論研究に対して何らかの政治的圧力が加えられ、当時の研究者たちは国是とするマルクス文芸理論を絶対視した発言をしなくてはいけない状況にあったのだろう。そして程度の差こそあれ、八十年代後半までそのような状況が続いていたのである。

翻って文学論研究の問題について考えたい。ここには中国の微妙な政治的問題がからんでいるので、安直な発言は避けるべきかも知れないが、敢えて言うならば中国の研究者はイデオロギーにとらわれない文学論研究を目指すべきであろう。中国古典の文学論研究とは、近代以前の中国人の文学に対する理念を客観的に捉えることであり、それを今日的な視点から「正しい」かどうかを論じるのは、文学論研究の範疇を逸脱していると言える。

では近代以前の中国人の理念を客観的に捉えるにはどうすればよいのだろうか。近代以前の文学論をいくら客観的に分析すると言っても、そこには「現代的な視点」がどうしても入ってしまうものである。近代以前の中国人の思考を「素手」で「そのまま」捉えることもまたできないのである。近代以前の中国人の思考を極力客観的に捉えるには、現代の常識にとらわれないものの見方が必要になってくる。現代の常識にとらわれないものの見方をするためには、検討対象となる時代の「常識なるもの」を捉え、その中における各言説の位置を確かめ、その上で分析を加える必要があろう(二〇)。本書は全体を通してこのようなスタンスで執筆している。

（四）九十年代から現在に至る白居易文学論研究について（今後の展望と課題）

最後に九十年代から現在に至る研究を論者の調査に基づいて確認し、中国の白居易文学論研究の今後の課題について考えたい。

九十年以降においても、マルクス文芸理論の立場から白居易の文学論の「正しさ」を批評する研究が依然として存在している。例えば陳良運著『中国詩学批評史』[二一]（一九九五年）では、白居易の詩論が「現実主義」だと高く評価されている。

白居易は、「新楽府」や、その他 現実を映し出した多くの詩篇の創作経験を、理論面において高め、現実主義の詩学綱領を作った。

白居易将他創作「新楽府」及其他大量反映現実生活詩篇的創作経験、従理論上升華、形成一個現実主義的詩学綱領。〔傍点・秋谷〕

以上のような陳氏の論調は、白居易の詩論を「現実主義」にかなったものと見なして持ち上げた五十年代から六十年代の研究と共通する。これに対して張少康・劉三富著『中国文学理論批評発展史』[二二]（一九九五年）では、白居易の詩論の「致命的な弱点」が次のように述べられている。

白居易は文学の社会に与えるはたらきを、政治と直接に関わる狭い範囲に限定し、文学が社会に及ぼすはたらきの広闊性・多面性を見落とし、同時に文学の教化作用は、審美的な方法によって実現すべきだということもなおざりにしている。従って白居易は詩歌の芸術美を非常に軽視し、芸術形式の相対的な独立性を重視していないのである。これは白居易の詩歌理論の致命的な弱点である。こうした態度は「元九に与ふるの書」の中で述べられる歴代の詩歌の発展に対する批評に突出してあらわれている。

他把文学的社会効能局限在直接地干預政治的狭小範囲、而忽略了文学社会効能的広闊性・多面性、同時、他也忽略了文学的教育作用是要通過審美的方式来実現、因而対詩歌的芸術美十分軽視、不重視芸術形式的相対独立性。這是白居易詩歌理論的致命弱点、它突出地表現在《与元九書》中対歴代詩歌発展的評論上。〔傍点・秋谷〕

ここでは白居易の詩論の「致命的な弱点」として、文学が社会に及ぼす広闊なはたらきを見落としている点や、詩歌の芸術美を軽視している点があげられている。これは六十年代の何其芳氏や八十年代の褚斌傑氏・袁行霈氏と同様の指摘をしていると言える。また陸耀東主編・喬惟徳・尚永亮著『唐代詩学』（二三）（二〇〇〇年）にも次のようにある。

しかし、この理論〔秋谷注・「新楽府の序」で述べられる『君の為、臣の為、民の為にして作る』という理論〕の不十分な点や誤りもはっきりしている。時事を描いているという点では、白居易と杜甫は同じである。しかし杜甫は見たものや感じたことを描いているだけであり、人民の苦しみが自己の体験した悲しみと一つに融け合っている。事実を描く中に折々、議論を差し挟んだり、諷諭の意を込めたりしているが、それらは諷諭をよりどころとしているわけではけっしてない。杜甫は感情をもとにして詩を作っているが、白居易が杜甫と異なる点は、理念をよりどころにして詩を作り、「君の為」に作ることを詩歌の主な目的としているところである。従って白居易の詩歌は、現実功利的な色彩が際立っており、詩歌を狭隘な道に押し込んでしまったのである。

然而、這一理論的不足和失誤也是顕而易見的。従写時事這一点説、白与杜是相同；但杜唯写所見所感、生民疾苦与一己遭遇之悲愴情懐融為一体、雖於写実中時時夾以議論、含諷諭之意、却并非以諷諭為出発点。杜甫出之以情、白居易与杜甫之不同処、正在於他出之以理念、将「為君」而作視為詩歌的主要目的、従而極度突出了詩歌現実功利色彩、将詩歌導入了狭隘的路途。〔傍点・秋谷〕

杜甫は感情をもとにして詩を作っているのに対して、白居易は「君の為」という理念から詩を作っているが、こうした白居易の態度が、功利主義的な色合いが強く「狭隘」だと非難されている。これは白居易の詩論の「欠点」を、杜甫の詩や詩論を引き合いに出して明らかにしたものだと言える。

以上の論考は、マルクス文芸理論の立場から、白居易の詩論の成果（成就）と限界（局限）を論じている。この点において五十年代から八十年代後半の論考と軌を一にする。

しかし翻って考えてみると、白居易の詩論を「現実主義」にかなっていると褒め称える論考にせよ、功利主義的で、芸術の形式美を軽視していると非難する論考にせよ、それらはともに政治教化について論じている白居易の一部の詩論しか見ていなかった。これに対して九十年代以降になると、白居易の詩論は政治教化を論じたものばかりではないと指摘する研究者が、あらわれるようになる。

例えば王運熙氏は、「白居易詩論的全面考察」[二四]（一九九〇年）の中で、白居易の詩論を捉える際には「諷諭詩」以外の詩論にも目を向けなくてはいけないと主張している。

白居易の詩論について触れる場合、皆はいつも「元九に与ふるの書」や「新楽府の序」や「張籍の古楽府を読む」詩といった作品を心にのぼせるだろう。これらの文章や詩では、「諷諭詩」を制作することの重要性が強く宣伝され、「諷諭詩」にこそ、政治面の不足を補い人民の苦しみを助ける積極的なはたらきがあると主張されている。ここから、みなはある誤った認識を持ってしまいやすい。白居易を政治教化のための詩歌を提唱した功利主義者に過ぎないとし、彼の詩論の多面性を見逃してしまうのである。

一提起白居易的詩歌理論批評、人們総想到他的《与元九書》、《新楽府序》、《読張籍古楽府》等作品、這些篇章的内容、都是竭力鼓吹写作諷諭詩、認作它們才能対国事民生産生積極的裨補作用。因此、人們容易形成一種錯覚、認為白居易只是一位提倡詩歌為政治教化服務的功利主義者、而忽視了其詩論的豊富性和多方面性。〔傍点・秋谷〕

また謝思煒氏も「白居易的文学思想」(二五)(一九九七年)の中で次のように述べている。


唐代の多くの詩人や詩論家の中でも、白居易は理論を積極的に構築しようとする意識をはっきりと持っており、文学に関する論述も他の詩論家より体系的である。この他にも無視できない点は、白居易の文学思想は、彼の人生や創作と同様に、さまざまな特徴があるということである。従って、同時代や後世の人々に多大な影響を与えた道徳に関する詩論に対して、適切な評価を加えることが必要である他に、それとは異なる側面もしっかりと把握しなければならない。また、白居易の文学思想の内容を全面的に理解する他にも、これらの複雑な思想が生まれた背後には、内在的な共通する基盤があったのかどうなのかをさらに一歩進めて考えなくてはならない。

在唐代衆多詩人和詩論家中、他顕然具有比較自覚的理論意識、対文学問題的論述也更為系統。此外不容忽観的是、他的文学思想也和他的人生及創作一様、呈現出多面性的特徴。因此、除了需要対他的産生很大影響的道徳詩論作出適当估価外、我們還応認真対待他的文学思想的其他方面.;除了全面了解他的文学思想的内容外、我們更応進一歩探詢這些複雑思想的産生是否有某種内在的一致基礎。〔傍点・秋谷〕

考えてみると、中国で白居易の詩論を論じる際に、政治教化に関する詩論ばかりが取り上げられてきたのは、マルクス文芸理論との共通性を見出し易かったからだと推測できる。してみるとマルクス文芸理論との共通性を見出し難い、政治教化とは関係ない詩論にも目を向けるべきと主張した背後には、マルクス文芸理論の立場から離れようとする態度が見て取れないだろうか。

具体的に王氏と謝氏の論考を見てみると、ともに白居易の詩論の「正しさ」については議論せず、淡々と白居易の詩論の特徴を説明するに止まっている。また「諷諭詩」に関する詩論を説明する際にも「現実主義」という言葉を一切使っていない。すなわち王氏と謝氏の論考はマルクス文芸理論を絶対視した研究と一線を画すべきものと言える。[二六]

（五）おわりに

現在の中国では、マルクス文芸理論の立場から白居易の文学論が「正しい」かどうかを論じた研究が依然として存在する一方、マルクス文芸理論の立場から離れて客観的に白居易の文学論を捉えようとする論考もあらわされるようになっている。

恐らく今後は、マルクス文芸理論を絶対視した研究は減っていき、それに変わって英米の文学理論が文学論の研究方法として大きな影響力を持つようになると考えられる。英米の文学理論は、中国の古典を捉える際の有益な方法の一つであることは間違いない。しかし中国の近代以前の文学論が英米の文学論との単純な比較や置き換えによって捉えられるようになると、それは問題であろう。なぜならば、くり返し述べるが近代以前の中国の文学論は、近代の西洋の文学論とは本質的に異なるものだからである。

近年の中国はグローバリゼーションが広まり、物質面においても精神面においても西洋化が進んでいる。そのような中で近代以前の文学論もしくは美学はどのようにして独自の地位を築いていけばよいのだろうか。これについて高建平氏（二七）は西洋中心主義的な考え方から脱した「文化の多様性」を重視する美学研究というものを提唱している。最後に高氏の説をここに引用して本節を締めくくりたい。

「文化の多様性」というスローガンは、アメリカを除くいくつかの西洋の国が最初に言い出したものであるが、これは多くの第三世界の国にとっても有益なものである。特に中国のような悠久の文化伝統を持った国が、グローバリゼーションの浪の中でいかに自身の文化伝統の要素を守るのか。また現代化していく中でいかに自己の文化を発展させていくのか。これは重要な課題なのである。

『文化多様性』的口号、雖然最早是美国以外的一些西方国家提出的、但対於広大第三世界国家也是有利的。特別是像中国這様一個有着自身悠久文化伝統的国家、怎様在全球化的浪潮中保護自身文化伝統的因子、在現代化的過程中走自己文化発展之路、這是一個重要的課題。

このように近代西洋を相対的に捉えた、中国独自の美学研究を模索している研究者もいる。

注

（一）本節では主に大陸（中華人民共和国）の白居易文学論研究について見ていきたい。台湾や香港の研究についてはひとまず置いておくこととする。これについては稿を改めて論じたい。

（二）付録「白居易の文学論にまつわる研究文献目録」を参照。

（三）蹇長春「八十年来中国白居易研究述略」（『白居易論稿』敦煌文芸出版社　二〇〇五所収）なお抄訳に蹇長春・谷口明夫訳「中

国における八十年来の白居易研究略説」（『白居易研究講座』五巻　一九九四所収）があり、参照した。

（四）　ここで言うリアリズムは、社会主義リアリズムを指す。社会主義リアリズムは、スターリンによって提唱され、社会主義国家に広まったマルクス文芸理論の創作論である。その基本的な考え方は、社会主義革命の発展を具体的に描き出し、人民を社会主義精神に導く文学を重視するというものである。中国に本格的に社会主義リアリズムの考え方が紹介されたのは、周揚の「関於『社会主義的現実主義与革命的浪漫主義』——『唯物弁証法的創作方法之否定』」（〈現代〉四巻一期　一九三三）においてである。中華人民共和国成立後の一九五三年に開かれた第二次文代大会では、社会主義リアリズムが国家の正統な文学論に認定された。（丸山昇、伊藤虎丸、新村徹編『中国現代文学事典』（東京堂出版　一九八五）「社会主義リアリズム」の項目参照。〔二〇一頁〕）

（五）　以下、四四頁の六行目までにあげる用例や見解は、基本的に蹇氏が指摘していることを秋谷がまとめ直したものである。

（六）　胡適『白話文学史』第二篇「唐朝」第十六章「元稹・白居易」（『胡適文集』八　北京大学出版社　一九九八版）〔三六四頁〕

（七）　鄭振鐸『挿絵本中国文学史』・第二十七章「韓愈与白居易」（人民文学出版社　一九三二）〔三五七頁〕

（八）　北京大学中文系五五級学生編『中国文学史』・第八章「偉大的現実主義詩人白居易和新楽府運動」（人民大学出版社　一九五九）〔一七四頁〕

（九）　劉大傑『中国文学発展史』中巻・「第十五章　杜甫与中唐詩人　四　白居易的文学理論与作品」（中華書局　一九六二版）〔四九九頁〕

（一〇）　游国恩主編『中国文学史』・第七章「現実主義詩人白居易和新楽府運動」（人民大学出版社　一九六三）〔四五〇頁〕

（一一）　何其芳『新詩話』六（『文学知識』一九五九年　第二期）〔秋谷は未見〕

（一二）　中国科学院文学研究所中国文学史編写組『中国文学史』・第八章「白居易和新楽府運動」（人民大学出版社　一九六二）〔四五

〇頁〕

（一三）霍松林『白居易詩訳析』・前言（黒竜江人民出版社　一九八一）〔一三頁〕

（一四）褚斌傑『中国歴代著名文学家評伝』二「白居易」（山東教育出版社　一九八三）〔五〇〇頁〕

（一五）袁行霈「白居易的詩歌主張与詩歌芸術」（『中国詩歌芸術研究』北京大学出版社　一九八七所収）〔二八九頁〕

（一六）芸術の形式を軽視することがなぜ「欠点」であるのかについては、袁行霈氏も研究史をまとめる蹇長春氏も具体的には述べていない。調べてみるとマルクス文芸理論には、文芸を用いて人民を社会主義精神に導くためには、文芸の内容だけではなく形式にも注意を払うべきだとする考え方がある。例えば毛沢東は、「延安の文芸座談会での講話」において次のように述べている。

われわれの要求するものは、政治と芸術の統一、内容と形式の統一、革命的政治内容と、できるだけ完璧な芸術形式との統一である。芸術性の乏しい芸術作品は、政治的にどんなに進歩的であろうと、力ないものである。であるから、われわれは、政治的見地のまちがっている芸術作品に反対すると共に、単に正しい政治的見地をもつだけで、芸術的な力のない、いわゆる「スローガン式」の傾向にも反対するのである。

我們的要求則是政治和芸術的統一、内容和形式的統一、革命的政治内容和尽可能完美的芸術形式的統一。欠乏芸術性的芸術品、無論政治上怎樣進歩、也是没有力量的。因此、我們既反対政治観点錯誤的芸術品、也反対只有正確的政治観点而没有芸術力量的所謂『評語口号式』的傾向。（原文は『毛沢東選集』第三巻（人民出版社　一九六八）〔八二六頁〕、訳は竹内好訳『文芸講話』（岩波文庫　二〇一〇）〔四七頁〕によった。傍点は秋谷による）

恐らく袁行霈氏は、芸術の形式を軽視した白居易の詩論を、こうしたマルクス文芸理論の考えと合致しない、として批判しているのであろう。

（一七）周勛初『中国文学批評小史』・題記（長江文芸出版社　一九八一）〔一頁〕なお邦訳に周勛初著・高津孝訳『中国古典文学批評史』（勉誠出版　二〇〇六）〔一〇頁〕があり、参照した。

（一八）郭紹虞『中国文学批評史』・第一篇「総論」（百花文芸出版社　一九九九版）〔二頁〕

（一九）郭紹虞『中国古典文学理論批評史』上冊・第一章　緒言（人民文学出版社　一九五九）〔五頁〕

なお、この書は、唐代までの文学批評の歴史を説明するに止まっており、宋代以降のことは書かれていない。これについて王運熙氏は、郭紹虞『中国文学批評史』（百花文芸出版社　一九九九版）の前言〔四頁〕で次のように述べている。

五十年代の末に郭紹虞先生は、新たに『中国古典文学理論批評史』上冊（唐代までの文学批評の歴史が書かれている）を出版した。この書は、革命思想に傾倒した当時の思潮を受け、「現実主義」と「反現実主義」を軸にして文学批評史の発展を描いている。郭先生はのちにこのような捉え方は現実に即していないと感じ、二度と続きを書かなかった。

五十年代末、郭先生又編成新著『中国古典文学理論批評史』上冊（写至唐代）問世、在『左』傾思潮影響下、用現実主義与反現実主義為線索来貫串文学批評史的発展；他後来大約也覚得這様做不是実事求是、因而不再写下去了。

王氏のこの指摘から、中華人民共和国成立直後の五十年代は、革命思想（マルクス思想）を絶対視する思潮がことさらに高かったことが分かる。恐らく郭氏は当時何らかの政治的制約を受け、この『中国古典文学理論批評史』を書いたのであろう。

（二〇）小南一郎氏は、「時代の中で変化してゆくそれぞれの語彙の意味を正確に把握した上で、作品や作者を時代環境の中で理解する」ことを「中国古典学研究の王道」であるとし、「その王道を最後まで先頭に立って進んでいたのが吉川幸次郎教授」だったと指摘している。（小南一郎「中国古典文学研究の可能性―民衆文芸への視点」『東方学』百輯　二〇〇〇）本書も吉川氏や小南氏が提唱する「中国古典学の王道」に則って白居易の文学論を検討したい。

（二一）陳良運『中国詩学批評史』・第三篇「詩歌精神的升華与美学批評的崛起」・第十章「政教与審美結合的現実主義詩論」・「白居

易的現実主義詩学綱領」（江西人民出版社　一九九五）〔二五九頁〕

（二二）張少康・劉三富著『中国文学理論批評発展史』・第十二章「皎然、白居易与中唐詩歌理論的発展」（北京大学出版社　一九九五）〔三六〇頁〕

（二三）陸耀東主編・喬惟徳・尚永亮著『唐代詩学』五、「元白詩派尚俗写実重諷諭的詩歌創作観」（湖南人民出版社　二〇〇〇）〔一八二頁〕

（二四）王運熙「白居易詩論的全面考察」（『中華文史論叢』四八　一九九一）〔一九頁〕

（二五）謝思煒「白居易的文学思想」（『白居易集綜論』中国社会科学出版社　一九九七所収）〔三四〇頁〕

（二六）ただし王運熙氏にせよ謝思煒氏にせよ、マルクス文芸理論を絶対視した研究を直接的に批判しているわけではない。また謝思煒氏は「白居易的文学思想」の中で、白居易がいかなる「階級」に属していたのかを、彼の詩論を理解する上での関鍵だとしている。このような視点は、マルクス文芸理論の考え方が色濃く残っていると言える。

（二七）高建平『全球与地方　比較視野下的美学与芸術』（北京大学出版社　二〇〇八）〔五頁〕

第二章　伝統の継承にまつわる白居易の文学論

〔第二章の梗概〕

第二章「伝統の継承にまつわる白居易の文学論」では、「美刺」のはたらきについて論じている文学論を考察したい。青年期の白居易は、当時流行していた詩文を『詩経』の伝統からかけ離れたものだと批判し、『詩経』にあったとされる「美刺」の精神を取り戻さなくてはならないと声高に主張していた。

第一節「「採詩の官」にまつわる言説について」では、青年期と晩年期に述べた「採詩の官」に関する言説が、いかなる点において異なるのかを検討した。白居易は青年期においても晩年期においても「美刺」のはたらきに着目して「採詩の官」を論じている。ただし青年期の白居易は「採詩の官」によって為政者を諷「刺」した詩を積極的に採取すべきだと主張しているのに対して、晩年期では為政者を「美《ほ》」め称える詩を採取するように、と詠っている。白居易の詩観は青年期から晩年期にかけて変化している。

第二節「律賦と科挙の詩文にまつわる言説について」では、白居易の律賦に対する考え方が、同時代人の韓愈ら古文家といかなる点において異なるのかを検討した。律賦とは、科挙に課された過度に修辞を凝らす美文である。科挙に合格するために律賦の制作は避けては通れない道であった。

白居易や韓愈らが書いた対策文や手紙文を検討すると、近年の科挙で提出される律賦に「美刺」に関わる内容が欠けている、と危惧していたことが分かる。ただしこのような問題意識を共有しながら、韓愈ら古文家と白居易らとでは律賦に対する態度が異なる。すなわち韓愈ら古文家は律賦では「美刺」に関する思想内容を表現することなどできないと見なしていたのに対して、白居易、元稹は、律賦でも「美刺」に関する思想内容が表現できると見なしていた。

第一節　「采詩の官」にまつわる言説について

（一）はじめに

本節では、白居易が青年期に書いた「採詩」の策と晩年期に書いた「洛詩に序す」を検討したい。この二つの文章の中で白居易はそれぞれ「采詩の官」について論じているが、青年期から晩年期にかけて「采詩の官」に対する考え方がいかに変化しているのかを捉えたい。

本節の結論を先に述べると、次のようになる。すなわち、白居易は青年期においても晩年期においても「美刺」のはたらきに着目して「采詩の官」を論じており、この点は共通している。しかし次のような違いも見出すことができる。すなわち青年期は「采詩の官」によって為政者を諷「刺」した詩を積極的に採取すべきだと主張しているのに対し、晩年期では為政者を「美《ほ》」めたたえる詩を採取するようにと詠っているのである。それでは以下、このことについて述べていきたい。

（二）「采詩の官」について―その起源と考え方について―

①漢代に見られる「采詩の官」の言説について

はじめに「采詩の官」とは何であるのかについて確認しておきたい。「采詩の官」とは、国々の民謡を採取する官職のことである。人民の声を聞き取るために太古に「采詩の官」が設けられたとされている。例えば『漢書』藝文志、詩賦略には次のようにある。

> 故に古へ采詩の官有り。王者の風俗を観、得失を知り、自ら考正する所以なり。孔子純《もっぱ》ら周詩を取り、上は殷を采り、下は魯を取ること、凡そ三百五篇、秦に遭ひて全き者は、其れ諷誦して、独だ竹帛のみに在らざるを以ての故なり。
>
> 故古有采詩之官。王者所以観風俗、知得失、自考正也。孔子純取周詩、上采殷、下取魯、凡三百五篇、遭秦而全者、以其諷誦、不独在竹帛故也。

ここには、次のようなことが述べられている。すなわち、古えの王は、国々の風俗や自分が行う政治の得失を知るために「采詩の官」を設置し、採取された民謡をもとに政治のあり方を正した、ということである。ここで注目しておきたいのは「采詩の官」が採録する民謡には、政治の「得」をほめたたえるものと、それとは逆に政治の「失」を諷刺するものの二つがあったということである。政治のあり方を改善するために、「采詩の官」に政治の「得」をほめたたえる詩と「失」を諷刺する詩をそれぞれ採取させるという考え方は、儒家の学者たちが主張する「美刺」説に基づくものである。「美刺」説とは、詩には、為政者を「美《ほ》」めたたえる機能と、それとは逆に諷「刺」する機能があるとする詩論である。例えば、鄭玄「詩譜序」では次のように述べている。

> 功を論じ徳を頌《ほ》むるは、其の美に将順する所以なり。過を刺《そし》り時を諷するは、其の悪を匡救する所以なり。

　論功頌徳、所以将順其美。刺過諷時、所以匡救其悪。

ここで鄭玄は、詩歌には、為政者の功や徳をほめたたえるはたらきと、過失を諷刺するはたらきの両面があることを指摘している。為政者の徳をほめたたえるのは、そのすばらしい行為を手本とするためであり、過失を諷刺するのは、悪いところを改善させるためだと述べている。

　このように詩歌には「美」と「刺」の両面の機能があるとする考え方が、儒家の伝統的な文学観として存在する。先に確認した『漢書』藝文志の「采詩の官」に関する記述も、このような考えに則ったものであると言える。

②唐代に見られる「采詩の官」の言説について

次に白居易の「采詩の官」に関する言説を検討する前に、唐代に見られる「采詩の官」にまつわる言説を確認しておきたい。唐代は、新楽府運動や古文運動がおこり、復古的な思潮がことさら盛んになる時代である。したがって、太古に設置されたとされる「采詩の官」がしばしば取り上げられるようになる。それらを概観してみると、「美刺」の中でも特に「刺」のはたらきに着目して「采詩の官」を論じることが多いと言える（一）。

　唐代の正史の一つである『旧唐書』の中には、「采詩の官」に関する記述が多く見られる。例えば巻九十九の崔日用伝には、玄宗の次のような言説が記載されている。

　夫れ詩とは、天地を動かし、鬼神を感ぜしめ、人を厚くし、教を美《ほ》むるなり。朕の志の尚ぶ所にして、思ひは之れと斉《ひと》し。庶《こいねが》はくは採詩の官もて、朕の闕を補はん。

　　夫詩者、動天地、感鬼神、厚於人、美於教矣。朕志之所尚、思与之斉。庶乎採詩之官、補朕之闕。

ここで玄宗は、「采詩の官」が採取した詩をもとに、自分の政治の「闕（欠）」を補おうとしている。つまり玄宗が述べる「采詩の官」は、「刺」の機能を特に重視したものだと言える。

また『旧唐書』鄭覃伝には、鄭覃が唐の文宗に対して述べた、次のような言説がある。

> 夫れ詩の雅頌は、皆 下は上の為す所を刺し、上は下を化して作るに非ず。王者は詩を採りて、以て風俗の得失を考ふるなり。
>
> 夫詩之雅頌、皆下刺上所為、非上化而作。王者採詩、以考風俗得失。

ここでは民謡を採取して、政治の「得」と「失」とをそれぞれ把握するという、儒家の「美刺」の理論に基づいた考えが述べられている。だが、「下は上の為す所を刺し、上は下を化して作るに非ず」との発言があることから、鄭覃も詩に備わっている「刺」の機能を特に重視していると言える。

ただし為政者を「美《ほ》」めているのか、それとも諷「刺」しているのかということは、単純に二分化できるものでもない。例えば、次に挙げる杜甫の「衡山県の文宣王の廟、新学堂に題して陸宰に呈す」詩を見てみよう。この詩は、衡州（今の湖南省衡山県）に孔子廟が建てられ、学校が作られたことを「美《ほ》」め称えた内容の詩である。

31耳聞読書声　32殺伐災髣髴　　耳に聞く読書の声、殺伐 災ひ髣髴たり
33故国延帰望　34衰顔減愁思　　故国 帰望を延き、衰顔 愁思を減ず
35南紀改波瀾　36西河共風味　　南紀 波瀾改まる、西河 風味を共にす
37采詩倦跋渉　38載筆尚可記　　采詩 跋渉に倦むも、載筆 尚ほ記すべし
39高歌激宇宙　40凡百慎失墜　　高歌 宇宙に激す、凡百 失墜を慎しめ

新たに建てられた学校から聞こえる生徒の読書する声を耳にすると、世の中の混乱も忘れてしまうし、愁いに満ち、故郷に帰りたいという思いもふっとんでしまう。自分は、世の中のことを詩に書きとめる（采詩する）ため、今まで、

山や河を歩き回ってきたが、ぜひともこのすばらしいことを記しておきたい。このように杜甫は述べ、孔子廟を建て学校を開いた県令の陸某のことを「美《ほ》」めたたえ、このことを詩に書きとめたい（采詩したい）と詠っている。だが、この詩の眼目はただ県令の陸某を「美《ほ》」めたたえるだけにあるのではない。むしろ、県令の陸某を「美《ほ》」めることによって、教育が荒廃している現実に一向に無頓着な人々を暗に諷「刺」しようとしているといえよう。そう考えれば、この詩は「美《ほ》」めることを通して、諷「刺」しているといえる。

だがいずれにせよ全体的に見れば唐代では、「刺」の機能に着目して「采詩の官」を論じる場合が多いと判断できる。そしてこれには、唐代人の「美刺」に対する考え方が反映されていると考えられる。例えば『中国美学範疇辞典』（二）の「美刺」の項には、次のように述べられている。

新楽府運動の代表的人物である元稹や白居易は、その運動の目的が古代の詩歌にあった「刺美」の精神を取り戻そうとするものであるとはっきりと言及している。元稹は「詩経の国風、大雅、小雅から音楽の類に及ぶまで、当時の出来事を、それとなく諷刺しないものはなく」、詩を作るさいには、「思いを古い楽府題にことよせて、諷刺や称賛をあらわ」さなくてはならないと述べている。（「楽府古題序」）そして白居易は、上に居る人間に「まず第一に詩歌に対して、諷刺の声を求める」ことを要求し（「采詩官」）、詩人は、詩を作るさい、「時代のため」「事柄のため」ということを考え、「時の政治の是非を察し」「下に居るものの感情を上に伝える」ことを望まなければならないとしている。そしてひとたび、「政治のことを考える」ことができずに、田園、山水、風雪花草のことや、一時の怨みに傾いてしまったならば、すぐさま詩の「六義」は失われてしまうとしている。さらに諷刺や訓戒の効用の無いものは、否定するべきだとしている。だが、唐代の人が「美刺」について論ずる場合、二字をあわせて掲げるが、重点は「刺」にあって「美」ではないのである。

新楽府運動的主将元稹、白居易則明確提出新楽府運動的目的就是要恢復古代詩歌的「刺美」精神。「自風雅至于楽流、莫非諷興当時之事」而作詩則応「寓意古題、刺美見事」（元稹「楽府古題序」）白居易要求在上者「先向歌詩求諷刺」（「采詩官」）而詩人作詩則須「為時」「為事」以期「補察時政」「洩導人情」。詩人作詩、一旦不能「稽政」而溺于田園、山水、風雪花草和一見之怨則喪失了詩之「六義」、更無諷刺、勧戒之効能、就応該否定。但是唐人論「美刺」雖二字并提、重点却是刺而不是美。（執筆者・陸玉林、劉文剛）

このように、唐代の「美刺」にまつわる言説は、とくに「刺」の方面に傾いていることを指摘している。『中国美学範疇辞典』が引く元稹の「楽府古題序」の中では、「美刺」をそもそも「刺美」と表現していること、そして先に確認した唐代に見られる「采詩の官」の言説が、いずれも「刺」に重きを置いていたことから考えれば、この指摘は十分納得できるものと言えよう。

それでは、白居易の「采詩の官」の言説を詳しく検討するとどうなのだろうか。白居易は生涯にわたって八回、「采詩の官」について言及をしている。それを示すと以下のようになる。(三)

①策林六十九「採詩」　元和元年（白居易三十四歳）
②「進士策問五道」　元和二年（白居易三十五歳）
③「采詩官」詩　元和四年（白居易三十七歳）
④「読張籍古楽府」詩　元和十年（白居易四十四歳）
⑤「与元九書」　元和十年（白居易四十四歳）
⑥「太和戊申歳大有年、詔賜百寮出城観稼、謹書盛事以俟采詩」詩　太和二年（白居易五十七歳）
⑦「序洛詩」　太和八年（白居易六十三歳）

⑧「題裴晉公女几山刻石詩後」序　太和九年（白居易六十四歳）

①～⑤は元和年間に書かれたものであり、⑥～⑧は太和年間に書かれたものである。白居易の「采詩の官」に関する言説が、元和年間と太和年間に集中していることが分かる。元和年間は、白居易の青年時代に当たり、左拾遺などを勤めて政治の中心にたずさわっていた時期である。それに対して太和年間は、かれの晩年期に当たり、河南府の尹や東都分司の職にありながら洛陽で隠遁者のような生活をしていた時期である。

このように元和年間と太和年間とは、年齢的にも二十年以上の隔たりがあり、またかれが就いていた官職も全く異なる。そうであるにも関わらず、元和年間の言説と、太和年間の言説は、ともに儒家の「美刺」説に則っており、そこに共通性のあることが指摘できる。四十四歳から五十七歳までのほぼ二十年間には「采詩の官」に言及した詩や文章は認められないが、これが生涯変わらず抱きつづけていた、白居易の「采詩の官」に対する考え方であったことは間違いない。

だが、青年期と晩年期とでは、「采詩の官」によって「美」と「刺」のいずれを採取すべきとしているのかについての態度が大きく異なる。それでは以下、このことについて検討していきたい。

（二）「採詩」の策に見られる考え方―青年期の「采詩の官」について―

まず白居易が三十四歳の時に書いた「採詩」の策を見てみたい。「採詩」の策の中では、伝統的な儒家の「美刺」説に基づいて「采詩の官」が論じられているが、「美刺」の中でも「刺」すなわち為政者の政治を諷刺するという面が特に強調されている。

1

「採詩」の策は、「策林」に収められている対策文の一つである。「採詩」の策の検討に入る前に、「策林」とは、どのような経緯で作られ、またどのような性格をもつ文章であるかについて説明しておきたい。「策林」の序には、「策林」が制作されたいきさつについて、次のように述べられている。

元和の初め、予 校書郎を罷め、元微之と将に制挙に応ぜんとし、上都 華陽観に退居し、戸を閉じ月を累ね、当代の事を揣摩し、策目七十五門を構成す。微之は登科に首たるに及び、予は焉に次ぐ。凡そ応対する所の者は、百に其の一二を用ひずも、其れ余自ら精力を以て致す所にして、棄捐する能はず。次ぎて之を集めて、分ちて四巻と為し、命じて策林と曰ふのみ。

元和初、予罷校書郎、与元微之将応制挙、退居於上都華陽観、閉戸累月、揣摩当代之事、構成策目七十五門。及微之首登科、予次焉。凡所応対者、百不用其一二、其余自以精力所致、不能棄捐、次而集之、分為四巻、命曰策林云耳。

ここで述べられていることをまとめると、次のようになる。白居易は制挙を受けるために校書郎を辞め、上都の華陽観という道観にこもって模擬の策問文と対策文を制作し、試験勉強をした。それらを集めたものが、「策林」である。「策林」は全部で七十五篇ある。

制挙とは、非凡の人材を登用するために臨時に行われた科挙の試験であり、当時の制挙の試験は、天子が政治社会や礼楽などの問題を出し（策問し）、それに受験者が答える（対策する）という形式になっていた。

「策林」を概観してみると、政治や社会に関して議論したものが大半だが、その中には音楽や詩といった、いわゆる文芸に関するものもある。この節では、詩について、ことに「采詩の官」について議論している「採詩」の策（「策林」第六十九に収録）をもとに白居易が青年期に持っていた詩観を捉えたい。

2

では次に「採詩」の策を検討していきたい。白居易は「採詩」の策の中で、上に居る人間と、下に居る人間の心を通わせ、太平の世の中を築くためには「采詩の官」を設置しなくてはいけないと説いている。まず冒頭で次のように述べている。

大凡、人の事に感ずれば、則ち必ず情に動き、然る後、嗟嘆に興り、吟詠に発して、而して詩歌に形《あら》はる。

大凡人之感於事、則必動於情、然後興於嗟嘆、発於吟詠、而形於詩歌矣。

白居易は、「采詩の官」を設置することが、実際の政治をよくする上で重要だと主張する根拠として、まず詩歌の成り立ちについて言及している。外界のできごと（事）によって揺り動かされた人間の心が（情）、まず第一に無秩序ななげき（嗟嘆）として外にあらわれ、それが次第に秩序化され詩歌となるとするこの考え方は、もちろん白居易の独創ではない。これは「毛詩大序」や『礼記』楽記といった伝統的な儒家の文芸理論書に認められる考え方である。例えば『礼記』楽記には次のようにある。

凡そ音は、人心に生ずる者なり。情、中に動く、故に声に形《あら》はる。声文を成す、之を音と謂ふ。

凡音者、生人心者也。情動於中、故形於声。声成文、謂之音。

これは音楽の成り立ちに関する言説である。人間の心に生じた感情（情）は、まず音声（声）として外にあらわれ、それは次第に美しい旋律（文）をともない、最終的に音楽（音）となるのだ、ということである。

この『礼記』楽記の言説は、音楽と詩との違いはあるにせよ、芸術のおおもとを人間の感情（情）と見なしている点において、また人間の感情（情）から生じたものが次第に秩序化され芸術作品になると述べている点において、「採詩」の策と共通する。先に述べたように、「採詩」の策は、科挙の試験のための文章である。したがって、白居易は儒家の経典である『礼記』楽記の考えを忠実にふまえて、この「採詩」の策を書いたのだろう。

さて「採詩」の策は、詩というものは、外界のできごとに揺り動かされて生じた人間の感情（情）に基づくものだと述べた後、次のように続く。

故に「蓼蕭」の詩を聞けば、則ち沢 四海に及ぶを知るなり。「禾黍」の詠を聞けば、則ち時 和して歳 豊かなるを知るなり。「北風」の言を聞けば、則ち威虐 人に及ぶを知るなり。「碩鼠」の刺を聞けば、則ち重く下に斂《おさ》めるを知るなり。「広袖高髻」の謡を聞けば、則ち風俗の奢蕩を知るなり。「誰《こ》れ穫る者は婦と姑」の言を聞けば、征役の業を廃するを知るなり。故に国風の盛衰は、斯れに由りて見《あら》わるなり。王政の得失は、斯れに由りて聞こゆるなり。人情の哀楽は、斯れに由りて知るなり。

故聞蓼蕭之詩、則知沢及四海也。聞禾黍之詠、則時和歳豊也。聞北風之言、則知威虐及人也。聞碩鼠之刺、則知重斂於下也。聞広袖高髻之謡、則知風俗之奢蕩也。聞誰其穫者婦与姑之言、則知征役之廃業也。故国風之盛衰、由斯而見也。王政之得失、由斯而聞也。人情之哀楽、由斯而知也。

ここであげられている「蓼蕭」「禾黍」「北風」「碩鼠」等々は、『詩経』の中に実際に収められている詩の題名である。詩歌は外界の出来事に触発されてできるものであるから、詩歌の中に描かれている内容から、当時の国々の状況（栄えていたのか、衰えていたのか、政治はうまくいっていたのかなど）がはっきり把握できるということである。

然る後、君臣親しく覧て斟酌す。政の廃《すた》る者は之を修め、闕く者は之を補ふ。人の憂ふる者は之を楽しましめ、労する者は之を逸《うしな》はしむ。所謂、善く川を防ぐ者は、之れを決して導かしむ。善く人を理める者は、之に宣《の》べて言はしむ。

然後君臣親覧而斟酌焉。政之廃者修之、闕者補之。人之憂者楽之、労者逸之。所謂善防川者、決之使導。善理人者、宣之使言。

「采詩の官」によって採集された民謡をもとにして、為政者の行う政治の「得」と「失」とを把握できたら、今度はそれを実際の政治に活かさなくてはならないと言う。「政の廃《すた》る者は之を修め、闕く者は之を補う。人の憂うる者は之を楽しましめ、労する者は之を逸ならしむ」すなわち政治の悪い部分はそれを正し、足りない部分はそれを補い、さらに憂いを持っている人を楽しい気持ちにさせ、苦しんでいる人を安らかにさせるということである。

「採詩」の策の前半部では、採取した民謡から政治の「得」と「失」がそれぞれ把握できると述べていたが、このように中盤部では、「廃る者」「闕く者」「憂うる者」「労する者」という政治の「失」の部分ばかりに目を向けている。つまり、詩歌の映し出すものの中でも、特にマイナスの面（政治の悪い部分、人民のかなしみ）を積極的に採取し、為政者を諷「刺」しようとしているのである。

故に政に毫髪の善有れば、下は必ず知るなり。教に錙銖の失有れば、上は必ず聞くなり。則ち上の誠明、何ぞ下に達せざるを憂へんや。下の利病、何ぞ上の知らざるを患へんや。上下交々和し、内外胥《みな》悦ぶなり。此くの若くして、至理に臻《いた》らず、昇平に致さざるは、開闢より以来、未だ之を聞かざるなり。『老子』曰く「戸を出でずして、天下を知る」と。斯れ之の謂ひか。

故政有毫髪之善、下必知也。教有錙銖之失、上必聞也。則上之誠明、何憂乎不達下。下之利病、何患乎不上知。上下交和、内外胥悦。若此、而不臻至理、不致昇平、自開闢以来、未之聞也。老子曰、不出戸、知天下。斯之謂歟。

ただし白居易は「採詩」の策の後半部で、「故に政に毫髪の善有れば、下は必ず知るなり。教に錙銖の失有れば、上は必ず聞くなり。則ち上の誠明、何ぞ下に達せざるを憂へんや」と述べ、詩には政治のよい部分や、すばらしい部分を、広く天下に知らしめる力があることも指摘している。だが、大局的に見ると「採詩」の策全体の論調は、人民の怒りや怨みといったマイナス面を採取することに傾いていると言える。すなわち、青年期の白居易は、「美刺」の中でも、「刺」の部分を特に重視し、詩を用いて政治を改善すべきだとする考えをもっていたのである。

3

「采詩の官」を設置することによって人民の声を把握し、それを政治に反映させるべきとする考えは「採詩」の策の中だけで述べられているわけではない。同様の考え方は、「諷諭詩」に属する新楽府「采詩官」詩の中でも述べられている。「采詩の官」詩の中でも、為政者の政治を諷「刺」することに目が向けられている。

1采詩官、　2采詩聴歌導人言　　采詩官、詩を采り歌を聴きて人言を導く
3言者無罪聞者誡　4下流上通上下泰　　言ふ者は罪無く聞く者は誡む、下は流れ上は通じて上下泰し
5周滅秦興至隋氏　6十代采詩官不置　　周滅び秦興りて隋氏に至るまで、十代　采詩の官を置かず
7郊廟登歌賛君美　8楽府艶詞悦君意　　郊廟の登歌は君の美を賛し、楽府の艶詞は君の意を悦ばしむ
9若求興諭規刺言　10萬句千章無一字　　若し興諭規刺の言を求めば、萬句千章に一字も無し
11不是章句無規刺　12漸及朝廷絶諷議　　是れ章句の規刺に無きにあらざるも、漸く朝廷に諷議絶ゆに及ぶ

13諍臣杜口為冗員　14諫鼓高懸作虚器
15一人負扆常端默　16百辟入門皆自媚
17夕郎所賀皆徳音　18春官毎奏唯祥瑞
19君之堂兮千里遠　20君之門兮九重閟
21君耳唯聞堂上言　22君眼不見門前事
23貪吏害民無所忌　24奸臣蔽君無所畏
25君不見厲王胡亥之末年
26群臣有利君無利
27君兮君兮願聴此
28欲開壅蔽達人情　29先向歌詩求諷刺

諍臣は口を杜《ふさ》ぎて冗員と為り、諫鼓は高く懸かりて虚器と作《な》る
一人は扆を負いて常に端默し、百辟は門に入りて皆自ずから媚ぶ
夕郎　賀する所　皆な徳音、春官　毎に奏するは唯だ祥瑞
君の堂は千里遠く、君の門は九重閟《と》ず
君の耳は唯だ堂上の言のみを聞き、君の眼は門前の事を見ず
貪吏　民を害して忌む所無く、奸臣君を蔽ひて畏るる所無し
君見ずや　厲王　胡亥の末年、
群臣　利有りて　君　利無きを
君よ君よ願はくは此を聴け、
壅蔽を開きて人情に達せんと欲せば、先ず歌詩に向かひて諷刺を
求めよ

詩の冒頭には、「采詩の官、詩を采り歌を聴き人言を導く」すなわち太古の王は「采詩の官」に民間の歌謡を採取させて人民の歌声に耳を傾け、人民の声を把握したとある。先に確認したように、「采詩の官」が採取するという「人言」（人民の声）には、悪政を諷刺するという面（「刺」の面）と、それとは逆に善政を誉め称えるという面（「美」の面）がある。だが「采詩官」詩では、特に「刺」の面が際立っている。

それが端的にあらわれているのが詩の結の部分である。二十八句目から二十九句目にかけて「壅蔽を開きて人情に達せんと欲せば、先ず歌詩に向かひて諷刺を求めよ」とある。すなわち人民と心を通わせたいのであれば、詩歌の中の諷刺の言葉に耳を傾けて下さい、と天子に訴えているのである。

以上のように、「采詩官」詩は、為政者を諷「刺」した詩を積極的に採取し、政治を改善すべきだと主張しているが、これは、「採詩」の策で述べられていた考え方と基本的には同じである。新楽府「采詩官」詩は、制挙の試験に合格した三年後の左拾遺在任時に制作されたものである。制挙に合格した後も、「采詩の官」に対する考え方は変わっていないことからすると「採詩」の策で述べられていた考え方は、単なる科挙試験のためのものではなかったと言える。(四)

＊

以上の検討から、白居易は青年期に次のような考えをもっていたと言うことができる。それは第一に伝統的な儒家の「美刺」説に則った「采詩の官」論を展開しているということである。そして第二に青年期の白居易が重視していたのは、「美刺」の機能の中でも「美」の部分よりもむしろ「刺」の部分であったということである。(五)これは先に確認した唐代に見られる「采詩の官」の言説のあり様と一致する。

(四)「洛詩に序す」で述べられる考え方―晩年期の「采詩の官」について―

次に晩年期の言説を見ていきたい。白居易は河南の尹や東都分司として洛陽に在官していた太和年間に、三たび「采詩の官」について言及している。そしてそれらは、元和年間のものが「刺」を重視していたのとは異なり、主に「美」に重きをおいて「采詩の官」を論じている。次にこのことを検討していきたい。

1
次にあげる「洛詩に序す」という文章は、白居易が六十三歳、東都分司として洛陽に閑居していた時に書かれたものである。東都分司という官職は、位自体はかなり高いものの、実際の仕事はほとんどない閑職である。白居易は、晩年、東都分司の時に非常に多くの詩を制作しているが、「洛詩に序す」というのは、それらの詩を編集する際につけた序文なのである。白居易はこの「洛詩に序す」の中で「采詩の官」についてふれている。

白居易は「洛詩に序す」の前半部で、東都分司として洛陽に居た時の詩が、どのようなものであるのかを次のように説明している。

太和二年、詔して刑部侍郎を授けらる。明年、病ひに免じて、洛に帰る。旋《つい》で太子の賓客を授けられ、東都に分司たり。居ること二年にして、就きて河南尹の事を領す。又、三年して病して免《や》め、履道里の第《やしき》に帰り、再び賓客分司を授けらる。三年春より八年夏に至るまで、洛に在ること五周歳、詩を作ること四百三十二首。朋を喪《うしな》ひ、子を哭すの十数篇を除くの外、其の他は皆、憶《おも》ひを酒に寄せ、或ひは意を琴に取り、閑適余り有りて酣楽暇あらず。苦詞一字も無く、憂歎一声も無し。豈に牽強して能く致す所ならんや。亦た、中に発し外に形《あら》はるるのみ。斯の楽たるや、実に之を分を省み足るを知るに本づく。之を済《な》すに家給《た》りて身閑なるを以てし、之を文《かざ》るに觴詠絃歌を以てし、之を飾るに山水風月を以てする。此れにして適せざれば、何《いず》くに往きて適するや。茲れ又た以て吾が楽を重ぬるなり。

大和二年、詔授刑部侍郎。明年、免病帰洛。旋授太子賓客、分司東都。居二年、就領河南尹事。又三年、病免、帰履道里第、再授賓客分司。自三年春至八年夏、在洛凡五周歳、作詩四百三十二首。除喪朋哭子十数篇外、其他皆寄憶於酒、或取意於琴、閑適有余、酣楽不暇。苦詞無一字、憂歎無一声。豈牽強所能致耶。亦発於中而形外耳。斯楽也、実本之於省分知足。済之以家給身閑、文之以觴詠絃歌、飾之以山水風月。此而不適、何往而適哉。茲又以重吾楽也。

「三年春より八年夏に至るまで、洛に在ること五周歳、詩を作ること四百三十二首」とあるが、これは東都分司として洛陽にいた五年の間に、四百三十二首もの詩を作ったということである。そして東都分司として洛陽にいた時に作った詩は、「朋を喪《うしな》ひ、子を哭すの十数篇を除くの外、其の他は皆、憶《おも》ひを酒に寄せ、或ひは意を琴に取り、閑適余り有りて酣楽《かんらく》暇あらず。苦詞一字も無く、憂歎一声も無し」すなわち、友や子どもを失ったことを詠う数十編を除けば、酒や琴、宴の楽しみを詠ったものばかりで、苦しみや愁いに関する詩は一つもないと言うのである。そして洛陽に居る時に作った喜びを詠う詩は、「豈に牽強して能く致す所ならんや。亦た、中に発し外に形《あら》はるるのみ」すなわち、むりにそのような内容にしたのではなく、心の中から自然とわき出たものだというのである。ではどうして洛陽に居る時の詩は、楽しみを詠うものばかりになったのだろうか。それについて白居易は次のように述べている。

予嘗て云ふ、「治世の音は安らかにして以て楽しく、閑居の詩は泰《やす》らかにして以て適ふ」と。苟くも理世に非ざれば、安くんぞ閑居を得ん。故に洛詩を集め、別に序引を為り、独だに東都 履道里に閑居 泰適の叟有るを記すのみならず、亦た皇唐の大和の歳に、理世 安楽の音有るを知らしめんと欲す。集めて之を序べ、以て夫れ採詩の者を俟《ま》たん。

予嘗云、「治世之音安以楽、閑居之詩泰以適」苟非理世、安得閑居。故集洛詩、別為序引、不独記東都履道里有閑居泰適之叟、亦欲知皇唐大和歳、有理世安楽之音。集而序之、以俟夫採詩者。

「予 嘗て云ふ『治世の音は安らかにして以て楽しく、閑居の詩は泰《やす》らかにして以て適ふ』と。苟くも理世に非ざれば、安くんぞ閑居を得ん」すなわち白居易によれば、自分が喜びを詠う詩が書けるのは、今の世の中が平和である証拠だと言うことである。そして今の太和の御代が平和であることを後世の人に伝えるために喜びを詠った詩を集めて編集したので、後世の「采詩の官」に見てもらいたいと述べているのである。

以上に見てきた晩年期の「洛詩に序す」で述べられている「采詩の官」についてまとめると、青年期の言説とは異なり「美刺」の中でも「美」に注目していると言える。これは、「刺」の部分に注目していた青年期の言説とは大きく異なるのである。

2

為政者を「美《ほ》」め称える詩を積極的に採取しようとする態度は、晩年期の作品にしばしば認められる。例えば、刑部侍郎の時に書いた詩には次のようにある。

清晨承詔命、豊歳閲田閭　清晨 詔命を承け、豊歳 田閭を閲す
膏雨抽苗足、涼風吐穂初　膏雨 苗を抽くに足り、涼風 穂を吐くの初め
早禾黄錯落、晩稲緑扶疏　早禾 黄にして錯落たり、晩稲 緑にして扶疏たり
好入詩家詠、宜令史館書　好し詩家の詠に入れ、宜しく史館をして書せしむべし
散為萬姓食、堆作九年儲　散じては萬姓の食と為り、堆《つ》みては九年の儲と作る
莫道如雲稼、今秋雲不如　道《い》ふ莫れ雲の如き稼と、今秋は雲も如かず
（「太和戊申歳大有年、詔賜百寮出城観稼、謹書盛事以俟采詩」[六]）

この詩は「太和戊申の歳 大いに年有り。詔して百寮に城を出でて稼を観るを賜う。謹んで盛事を書し以て采詩を俟《ま》

たん」と題されており、太和二年の豊作を後世に伝える目的で作られている。七、八句目には「好し詩家の詠に入るに、宜しく史館をして書せしむべし」とあり、太和二年の豊作を詩歌にして歌い継ぎ、歴史書に書きとめるべきだと詠っている。これは為政者の「得」を「采詩」しようとしたものだと言える。

また白居易は、太和九年の東都分司の時に、淮西の賊を討伐した裴度を「美《ほ》」め称える「裴晋公 女几山にて石を刻む詩の後に題す」詩を制作している。その序文で次のように述べている。

裴侍中 晋公 出でて淮西を討つの時、女几山の下《ふもと》を過ぎ、石に刻して詩を題す。末句に云ふ、「賊塁を平らげて天子に報ずるを待ち、仙山を指《ゆびさ》して武夫を示すこと莫し」と。果たして言ふ所の如ければ、期を剋して賊を平らげ、是れ由り淮蔡 今に迄《およ》ぶまで寧《やす》きに底《いた》すこと、殆ど二十年、人は生業に安んず。夫れ嗟歎して足らざれば則ち之を詠歌す。故に居易、詩を作ること二百言、継ぎて公の篇末に題し、詩を採る者、史を修める者、後の往来して観る者をして、公の功徳の本末、前後を知らしめんと欲するなり。

裴侍中晋公出討淮西時、過女几山下、刻石題詩。末句云、待平賊塁報天子、莫指仙山示武夫。果如所言、剋期平賊、由是淮蔡迄今底寧、殆二十年、人安生業。夫嗟歎不足則詠歌之。故居易作詩二百言、継題公之篇末、欲使採詩者、修史者、後之往来観者、知公之功徳本末前後也。

淮西の賊を討伐し、淮西の地に平和と安定をもたらした裴度の偉業に感動し、その思いを詩歌した白居易は、「詩を採る者、史を修める者、後の往来して観る者をして、公の功徳の本末、前後を知らしめんと欲するなり」采詩の官や歴史官、また後世、この地を訪れるものたちに、裴度の業績の本末を伝えたいと詠っている。

以上の文章や詩から分かるように、晩年期の言説はそのすべてが、政治の「得」を詠った詩を採取し、為政者を積極的に「美《ほ》」め称えようとしている。これは青年期の言説が、特に政治の「失」を詠った詩を採取し、積極的に政治批判をして改善をうながしていたのとは、あざやかな対比をなしている。

（五）おわりに

以上の検討から、次のことが明らかになった。すなわち白居易は青年期においても晩年期においても「美刺」のはたらきに目を向けて「采詩の官」を論じており、この点は共通している。ただし青年期では「美刺」の中でも特に「刺」に重きを置いていたのに対して、晩年期は「美」に重きを置いているという違いがある。

なお本節で、青年期と晩年期の言説のみを取り上げ、四十代後半から五十代にかけての壮年期の言説を検討していないのは、この時期に白居易が「采詩」や「采詩の官」について言及していないからである。したがって、この青年期から晩年期へといたる詩観の変化が、具体的にどのような過程を経ているのかは、現段階では明言できない。だが、先に述べたように、青年期と晩年期の言説を比較してみると、白居易の詩観は「刺」から「美」へと変化しているということは明らかである。それでは、このような詩観の変化は、なぜ起こったのであろうか。最後にその点について考えられることを述べたい。

この詩観の変化の原因としていくつかのことが考えられる。一つは、時代の変化にともなって、求められる文学のあり方が変わったということである。すなわち、青年期における「刺」の機能に着目した言説は、そのすべてが元和年間に発せられたものである。それに対して、晩年期における「美」の機能に着目した言説は、すべて太和年間に発せられたものである。このような一致は偶然の産物なのであろうか。おそらくそうではない。

一般的には元和年間は、古えの儒家の精神が標榜されて、政治諷刺のための詩文が多く制作された時期であると言われる。韓愈や柳宗元らの古文復興運動もまさしくこの時期に興ったものであった。それに対して太和年間は、牛李の党争が本格化し、いわゆる晩唐的な詩風へ移り変わる時期とされる。白居易の詩観の変化は、このような時代の思潮の変化に則して起こったのではないだろうか。もちろんこのような判断を下すには、他の詩人の言説も詳細に検討する必要がある。その点については稿を改めて考察したい。

もう一つとしては、本節でもいささか述べたが、青年期と晩年期とでは、そもそも白居易の置かれている立場が大きく異なることを考慮に入れなければならない。青年期は、天子を諫める左拾遺の職に就いていた。また「策林」にしても「新楽府」にしても、これらはもともと為政者に対して建言したり、諫言したりする性格を持つ詩文である。してみれば「策林」や「新楽府」の中で「刺」の働きに重きを置いた詩観を展開するのは、いわば当然とも言える。しかし、一方で青年期の「采詩の官」についての発言は、このような職務上の必要や文体の制約という理由だけで述べられているものでもない。なぜなら、左遷直後に書かれた「元九に与ふるの書」でも同様の考えが述べられているからである。

これに対して晩年期は、東都分司という実際の権限はほとんどない閑職に就いていた。また在官場所も、政治の中心からはなれた古都洛陽であった。このように青年期と晩年期とで置かれている立場が大きく異なるということも、あらわされる詩観が異なる要因の一つだろう。この点についても、もっと詳細な検討が必要であろう。これについても稿を改めて述べることとしたい。

それでは、白居易の青年期から晩年期へと至る「刺」から「美」への詩観の変化は、文学批評史の流れに照らしてみるとどのような意味があるのだろうか。

古川末喜氏によれば、(七)詩がごく一部の貴族階級によって担われていた六朝期では、詩に備わっている「刺」の機能を主張するよりも、むしろ「美」の機能を主張するほうが一般的であったと言う。だが詩の担い手が、新興士大夫へと変化する盛唐、中唐期になるとこうした六朝期の文学観を打破して、「刺」を重視する考えが浸透すると言う。

この古川氏の指摘を基にして、「刺」から「美」へという白居易の詩観の変化を考えると、これは六朝期の文学観への「逆戻り」だと言える。このような動きは、白居易の他の詩文からも確認できるのだろうか。そしてそのような「逆戻り」は文学批評史の流れに照らすとどのように捉えることができるのであろうか。以上の諸点についても今後の課題としたい。

注

(一)　古えにあった『采詩の官』の制度を復活させるべきだと主張する言説は唐代に多く確認できるが、それが制度として行われたという記述は、調査の及ぶ限り見つからない。恐らく理念として主張されたものの、実行には至らなかったのであろう。それについて謝思煒氏は「白居易的文学思想」二、采詩伝説（『白居易集綜論』中国社会科学出版　一九九七所収）〔三四九頁〕の中で次のように述べている。

総じて見てみれば、詩を作って諷刺を提唱することはもとよりできるが、時代の変化にともなって道義に無理矢理こじつけた「采詩」制度は、現実的に存在する基盤をとっくに失ってしまっていたということである。「策林」の議論は、理想化された構想に過ぎないのである。

總的来看、作詩固然可以提倡規諷、但随着時代的改換、附会於道徳目的『采詩』制度却早已失去了現実存在的基礎。《策林》之論不過是一種理想化的設計罷了。

謝氏は、宮廷に新しい音楽を供するために民謡を採取することはあっても、政治を改善するためにそれが行われることは、実際なかったのではないかと指摘している。おそらく氏の指摘の通りだと思う。

だが「采詩」という考え方が、いくら謝氏の指摘するように「理想化された構想」であったとしても、それについて検討することが無意味であるわけではない。本節は唐代人である白居易が、詩の機能をいかに認識していたのかを明らかにしようとするものであり、その手掛かりとして「采詩の官」に関する言説を取り上げげのである。従って本節では実際に「采詩の官」が存在したのかどうなのかは問題としない。

(二) 成復旺主編『中国美学範疇辞典』(中国人民大学出版社　一九九五)「美刺」の項〔六七五頁〕。なお「美刺」の項の全訳は大東文化大学人文科学研究所中国美学研究班・『中国美学範疇辞典』訳注第七冊（二〇一〇年度大東文化大学人文科学研究所報告書)〔一九四〜一九八頁〕を参照のこと。

(三) 白居易の詩文の制作年代は、花房英樹『白氏文集の批判的研究』(彙文堂　一九六〇) の巻末に付されている「総合作品表」に基づく。

(四) だが、ここで注意しないといけない点がある。それは策や新楽府はそもそも為政者に建言したり、諫言したりするための文体であり、「刺」のはたらきに重きをおいて「采詩の官」を論じているのは、文体上の制約もあるということである。しかし、「採詩」の策や「采詩の官」詩には、青年期の白居易が持っていた考えが十分に反映されていない、というわけではないであろう。例えば江州司馬左遷後、友人の元稹に宛てて書いた手紙「元九に与うるの書」にも「刺」のはたらきを重視した言説が確認できる。

周衰へて秦興るに洎《およ》び、採詩の官廃れ、上は詩を以て時政を補察せず、下は歌を以て人情を洩導せず。乃ち諂成の風動き、救失の道欠くに至る。六義始めて刓らる。

　泊周衰秦興、採詩官廃、上不以詩補察時政、下不以歌洩導人情、乃至於諂成之風動、救失之道缺。於時六義始刓矣。

（五）言うまでもなく、白居易が青年期に書いた詩は、為政者を諷刺するものばかりではない。例えば「新楽府」の中には、為政者の徳を褒め称える詩も多数収録されている。（「七徳舞」「法曲」「道州民」など）しかし、全体の割合から考えれば、諷刺する目的で作られた詩の方が圧倒的に多い。作品の傾向がそのようになっているのは、本節で指摘したように、青年期の白居易が、詩における「刺」の機能を重視していたためである。

（六）全く同じ題の詩が劉禹錫にも存在することからすると、「太和戊申歳大有年、詔賜百寮出城観稼、謹書盛事以俟采詩」詩は唱和して作られた詩だと推測できる。白居易の晩年における「美」への傾斜は、他の詩人からの影響を受けていると言える。

（七）この点について古川末喜氏は『初唐の文学思想と韻律論』「初唐歴史家の文学効用論と文学史観」（知泉書館　二〇〇三）〔一六五頁〕の中で次のように述べている。

　誤解を恐れずに言えば、漢代の儒家が主張した「文学は政治や社会に役立たなければならない」という時の文学の機能には、〈頌美〉と〈諷刺〉の二つがあったはずである。しかし実際には、六朝期の文学では主に〈頌美〉の方面が発揮され、盛唐中唐の古詩・古文復興の発言のなかでは〈諷刺〉の方面が強調されたと思われる。

古川氏は、初唐の史官たちの「〈頌〉的文学観」は六朝的陰翳を濃厚にもっと指摘している。この氏の指摘を基に白居易の文学論の問題を考えるならば、晩年期の彼の詩観は、むしろ因習的な六朝期の「〈頌〉的文学観」へ「逆戻り」していると言えよう。

第二節　律賦や科挙の詩文にまつわる言説について

（一）はじめに

白居易は中唐の傑出した詩人として有名であるが文章も数多く制作しており、とりわけ彼の賦は高く評価されている。例えば、唐・蘇鶚の『杜陽雑編』巻中には「上、高郢の『声楽無きの賦』、白居易の『玄珠を求むの賦』を読み、之を元祖と謂ふ（上、読高郢無声楽賦、白居易求玄珠賦、謂之元祖）」とあり、唐の文宗によって高郢の「声楽無きの賦」と白居易の「玄珠を求むの賦」が賦の元祖だと褒め称えられている。

ここであげられている白居易の「玄珠を求むの賦」は律賦である。律賦とは、科挙に課された賦である。過度に修辞をこらすという特徴があり、守るべき規則も多い。官僚になるためには上手に律賦が作れなくてはならず、特に中唐以降になると律賦が科挙の必修科目となり、律賦の政治面における地位が格段に高くなった。『文苑英華』には唐代の士大夫が書いた律賦が多く収められており、その数は詩にも引けをとらない。

では中唐の士大夫たちは、科挙の必修科目であった律賦に対してどのような態度をとっていたのであろうか。またどのように律賦を書くべきだと考えていたのだろうか。

本節では、中唐の士大夫たちが書いた対策文や手紙文を検討し、彼らの律賦に対する態度や考え方を明らかにしたい。結論を先に述べると、中唐の士大夫には律賦を否定する者と肯定する者とがいる。そして両者の態度の違いは、「律賦によって政治的・道徳的に意義のある思想内容が表現できるか否か」という問題に対する考え方の違いによると判断できる。本節では主にこのことについて述べたい。

（二）唐代の科挙と律賦

ここではまず白居易の「賦の賦」を例にして、律賦の形式面の特徴を確認しておきたい。律賦は押韻すべき字が科挙の出題者によってあらかじめ指定されており、この点が漢魏・六朝時代の古賦や俳賦と異なる。左にあげた「賦の賦」の本文をご覧いただきたい。題名の下に「『賦者古詩之流』を以て韻と為す（以『賦者古詩之流』為韻）」とある。これは「賦」「者」「古」「詩」「之」「流」の六つの字で押韻して賦を作るように、という科挙の試験官からの指定なのである。このように指定された押韻の字を限韻という。唐初では限韻の字数はまちまちであったが、太和年間以降、八字に統一されるようになる。さらに後代になると指定された限韻の言葉と同じ順番で押韻しないといけないというように規則がより厳しくなっていった[二]。

「賦の賦」の中で押韻されている箇所を次頁の本文にアスタリスクで示した。これを見れば律賦がいかに規則の厳しい文体であるかということが理解できよう[三]。

白居易「賦賦」（以『賦者古詩之流』為韻）

①賦者古詩之流也。始草創於荀宋、漸恢張於賈馬*。冰生乎水、初変本於典墳、青出於藍、復増華於風雅*。而後諧四声、祛八病、信斯文之美者*。（「者」の韻）

②我国家、恐文道寖衰*、頌声凌遅、乃挙多士、命有司*、酌遺風於三代、明変雅於一時*。全取其名、則号之為賦、雑用其体、亦不出乎詩*。四始尽在、六義無遺*。是謂藝文之儆策、述作之元龜*。（「詩」の韻）

③観夫、義類錯綜、詞采舒布*。文諧宮律、言中章句*。華而不艶、美而有度*。雅音瀏亮、必先体物以成章、逸思飄颻、不独登高而能賦*。其工、究筆精、窮指趣*、何慚両京於班固*。（「賦」の韻）

④其妙者、抽秘思*、騁妍詞*、豈謝三都於左思*。掩黄絹之麗藻、吐白鳳之奇姿*。振金声於寰海、増紙價於京師*。則、長楊、羽獵之徒、胡為比也、景福、霊光之作、未足多之*。（「之」の韻）

⑤所謂、立意為先、能文為主*。炳如繢素、鏗若鐘鼓*。郁郁哉、溢目之黼黻、洋洋乎、盈耳之韶武*。信可以凌轢風騒、超軼今古者也*。（「古」の韻）

⑥今吾君、網羅六藝、淘汰九流*、微才無忽、片善是求*。況賦者、雅之列、頌之儔*、可以潤色鴻業、可以発揮皇猷*。客有自謂握霊蛇之珠者。豈可棄之而不収*。（「流」の韻）

さらに律賦の形式的な特徴として、対句や典故を多用し、声律面を工夫するといったことがあげられる。これは六朝時代の俳賦の華麗な表現を受け継ぎ、発展させたものだと言える。

＊

では律賦はどのような経緯で唐代の科挙の試験科目になったのだろうか。尹占華氏の『律賦論稿』[三]によると、礼部の進士科と吏部の博学宏辞科の試験に律賦が課されたということである。具体的には、唐の高宗永隆二年（六八一年）

から「雑文」という科目が進士の試験に課され、この試験の中に詩や賦が出題されるようになったのだと言う。以下に主に尹氏が例示する資料を基に律賦が科挙に課されるようになった経緯を確認したい。まず『唐会要』巻七十五には次のように記述されている。

永隆二年八月の勅に「明経の射策は、正経を読まず、義條を抄撮し、纔《わずか》に数巻有るのみ。進士は史籍を尋ねず、惟だ文策を誦《そら》んじ、芸能を銓綜するのみにして、遂に優劣無しと聞くが如し。今より已後、明経は経毎《ごと》に帖は十に六已上を得る者なるべし。進士は雑文両首を試せよ。文律を識《し》る者は、然る後に策を試せしめ、其れ明法並びに書算もて人を挙げん。亦た此の例に准《なぞら》へて、即ち常式と為せ」と。

永隆二年八月勅、如聞明経射策、不読正経、抄撮義條、纔有数巻。進士不尋史籍、惟誦文策、銓綜芸能、遂無優劣。自今已後、明経毎経、帖十得六已上者、進士試雑文両首。識文律者、然後令試策、其明法並書算挙人、亦准此例、即為常式。

この『唐会要』の記述から、初唐期の科挙の試験にさまざまな問題が生じていたことが分かる。例えば進士科の試験では天子は歴史について質問せず、受験者はいたづらに対策文を読み上げるだけ（進士不尋史籍、惟誦文策）、弁論の技のある者ばかりを登用するようになって、試験で優劣をつけられなくなってしまった（銓綜芸能、遂無優劣）ということである。そしてこのような現状を改善するため、永隆二年に「進士科の試験に『雑文二首』を課すようにせよ（進士試雑文両首）」との勅命が出されたと言う。この「雑文」の試験の内容については、徐松の『登科記考』巻二に詳しい説明がある。

按ずるに雑文の両首は、箴、銘、論、表の類を謂ふ。開元の間、始め賦を以て其の一を居《し》め、或ひは詩を以て其の一を居《し》む。亦た全く詩賦を用ふる者有るも、定制に非ざるなり。雑文の専ら詩賦を用ふるは、当に天宝の季に在るべし。

按雑文両首、謂箴、銘、論、表之類。開元間、始以賦居其一、或以詩居其一。亦有全用詩賦者、非定制也。
雑文之専用詩賦、当在天宝之季。

徐松の説に基づけば、当初の「雑文」の試験内容は箴・銘・論・表などが主流だったと言うことである。そして開元年間（七一三～七四一年）ぐらいからその中に詩や賦が課されるようになり、天宝の末年になると詩や賦が科挙の主要課目になったのだと言う。ここで徐松が指摘する「雑文」の試験の賦とは、次にあげる『文体明弁』序説に基づくと限韻の規則のある律賦だったと言える。

律賦に至りては、其の変 愈《いよいよ》下る。沈約の四声八病の拘に始まり、徐庾の隔句作対の陋に中《なかば》し、隋唐宋の士を取る 限韻の制に終はる。但だ音律の諧協 対偶の精切を以て工と為し、而して情と辞は皆《とも》に置《す》てて論ぜず。嗚呼、極まれり。

至於律賦、其変愈下、始於沈約四声八病之拘、中於徐庾隔句作対之陋、終於隋唐宋取士限韻之制。但以音律諧協対偶精切為工、而情与辞皆置弗論。嗚呼、極矣。

徐師曾は、「士を取る」ために用いられた隋、唐、宋代の律賦（「限韻の制」のある賦）を強く否定している。このように、律賦は唐代の科挙の試験科目の代名詞的存在と見なされており、ここから考えると『唐会要』や『登科記考』で述べられていた「雑文」の賦の試験というのも律賦だったと考えるべきであろう。

こうして見ると、律賦を制作することは、官僚への道を志す新興士大夫たちにとって必須であったことが分かる。では、唐代の士大夫たちは律賦をどのように捉えていたのだろうか。

（三）唐代の律賦をめぐる先行研究

まず唐代の律賦に関する先行研究を確認しておきたい。日本では律賦に関する論考はほとんどない。ただし白居易の律賦に関するものに限って言えば、平岡武夫氏の「白居易と賦」、岡村繁氏の「白居易の賦」、波戸岡旭氏の「白居易「賦賦」について」という論考がある。(四)ここでは、三氏の論考を確認しておきたい。

まず平岡、岡村両氏は、白居易の賦作品の内容とそれらが科挙の試験の中で作られた経緯を説明している。一方、波戸岡氏は、白居易の「賦の賦」の中で用いられている典故を入念に調べて、全体が「律賦という形式の修辞的・韻律的美麗を称え、王道賛美の文学としての賦を説く」ことに重きが置かれていることを明らかにしている。これらの論考は、主に白居易の律賦作品の形式面・内容面の特徴を説明し、さらに当時の科挙において律賦が重要視されていたことを明らかにしており、これからの律賦研究の足がかりとなるものと言える。ただ、当時の士大夫たちが科挙の必修科目であった律賦をどう捉えていたのかについては十分に論じていない。本節で検討したいのはこの点についてである。

次に中国における先行研究を見てみると、唐代の科挙をめぐる文学論の専著として程千帆氏の『唐代進士与行巻』(五)と傅璇琮氏の『唐代科挙与文学』(六)をあげることができる。両氏によれば、唐代の士大夫たちは、律賦をはじめとする科挙の詩文をほとんど否定的に捉えていたと指摘する。すなわち律賦をはじめとする科挙の詩文を、表現ばかりで思想内容がからっぽだと見なしていたというのである。また傅氏によれば、そのような世論を受けて建中三年（七八三年）には趙匡と趙賛によって、また太和八年（八三四年）には李徳裕によって、詩賦の試験が廃止されたのだという。

傅氏は次のように述べている。

第一に進士科で課される詩や賦は、声律やことばの華麗さばかりを重視し、思想内容に乏しく、現実とかけ離れていた。すなわち、詩や賦の試験そのものには、すでに大きな弊害があらわれていたのである。第二にこうした弊害が指弾されることが、すでにある種の社会的世論になっていた。

第一、進士科所試的詩賦、只講究格律声韻、詞采華美、欠乏思想内容、与現実脱節。就是説、詩賦的本身已表現出很大弊病。第二、這種弊病受到指責、已成為一種社会輿論。

傅氏のこの指摘から、盛唐から中唐期に至る科挙における文学思潮をうかがい知ることができる。ただし氏は、当時の全体的な文学思潮を指摘するに止まり、その中において、士大夫たちの間にどの程度の考え方の違いがあったのかについては細かくは指摘していない。

それに対して許結氏(七)は、中唐期の韓愈・柳宗元と元稹・白居易とでは律賦に対する態度が異なると指摘する。唐王朝は、貞元、元和の頃になると、宦官の専制、派閥の間の争い、藩鎮の跋扈という様々な政治的な問題によって、社会がこの上なく疲弊し、国が衰え、悲しまずにはいられない状態であった。だから、韓愈や柳宗元は「古文」を提唱し、元稹や白居易は「新楽府」を提唱して、詩文創作の改革を旗印とする政治・文化の改良運動を新たにおこしたのである。文化を改良しようとするこの運動は、文学に「道を明らかにし」「時を匡《ただ》す」はたらきを求め、それらによって賦についても空虚なものを退け、現実に即したものを重んじ、世の中を治める上で役に立つものを制作するべきという思潮が起きたのである。しかし急激に変化する過程において、この時期の賦をめぐる文学思想は、唐代で最も複雑な段階を迎えることになった。概して言えば、一方で韓愈や柳宗元は古文を唱道し、応試で科される律賦からの束縛を解いて、文章は世の中の役に立つものでなくてはならないとの考えを強く主張した。もう一方で、元稹、白居易らは律賦を提唱し、それらを思想を入れる容れ物だと捉えて、文章は世の中の役に立つものでなくてはならないとの考えを表明し、これによって、中唐の応試における律賦の制作が今までにないほどに盛んになった。

唐室至貞元、元和時期、因宦豎、党争、藩鎮諸多政治矛盾、使社会疲憊、溝衰難挽、故而韓・柳之倡「古文」、元・白之倡「新楽府」、開啓了一場改革詩文創作為標志的政治文化革新運動。這場文化運動対文学「明道」「匡時」的要求、同様使賦学興起一股黜浮求実、経世致用思潮、然在其催激過程中、却使這一時期的賦学成為唐代最為複雑的階段。概言之、一方面韓、柳等倡導古文、以打破応制律賦之束縛而強調文為世用、別一方面、元・白等倡掲律賦、并以之為載体表現文為世用的思想、従而形成中唐応試律賦的空前繁栄局面。

許結氏によれば、韓愈・柳宗元と元稹・白居易は、ともに「文章は世の中の役に立つものでなくてはならない（文為世用）」とする共通した考えを持っていながら、律賦に対する態度はそれぞれ異なると言う。すなわち韓愈・柳宗元は、「応試で科される律賦からの束縛を解（打破応制律賦之束縛）」き古文を主張したのに対して、元稹・白居易は「律賦を提唱し（倡掲律賦）」「それらを思想を入れる容れ物だと捉え（以之為載体）」たのだと言う。換言すれば、韓愈・柳宗元は律賦に否定的な態度を示していたのに対して、元稹・白居易は肯定的に捉えていたということである。翻ってみると、先に確認した程氏や傅氏の指摘は、どちらかと言うと韓愈・柳宗元ら古文を主張する側に傾いたものであったと捉えることができる。

それでは、「文章は世の中の役に立つものでなくてはならない（文為世用）」とする共通した考えを持っていながら、韓愈・柳宗元と元稹・白居易とでは、なぜ律賦に対する態度が異なるのであろうか。またこの態度の違いは何をあらわしているのだろうか。許結氏はそれについて、必ずしも十分には論じていない。そこで次に中唐の士大夫たちの律賦をめぐる言説を再検討し、これらの問題を考えたい（八）。

（四）中唐の士大夫の律賦や科挙の詩文に関する言説

①律賦や科挙の詩文そのものを否定する立場

ここではじめに律賦に否定的な態度を示していた士大夫の言説を再検討したい。許結氏らは律賦を否定した士大夫の言説として、権徳輿「柳福州に答ふるの書（答柳福州書）」、舒元輿「上《たてまつ》りて貢挙を論ずる書（上論貢士書）」、皇甫湜「李生に答ふる書（答李生書）」、韓愈「馮宿に与えて文を論ずるの書（与馮宿論文書）」、柳宗元「楊京兆馮に与ふるの書（与楊京兆馮書）」などをあげている。特に最初の三つの文章の中では甲賦が強く批判されている。甲賦とは、応試の際に出題される賦のことで律賦を指す（九）。権徳輿らはどのような観点から甲賦を批判しているのか。まずその点に注意してこの三つの文章を再検討したい。

「柳福州に答ふるの書（答柳福州書）」は、権徳輿が当時古文家として名高かった柳冕に返信した手紙である。権徳輿は甲賦、すなわち律賦を次のように強く批判する。

近者《ちかごろ》 綺靡を祖習するもの、虫を雕《きざ》むに過ぐ。之を甲賦、律詩、儷偶、対属と謂ふ。況んや十数年間、大官右職の教化の系《かか》る所、其れ是《かく》の若きをや。

近者祖習綺靡、過於雕虫。謂之甲賦律詩、儷偶対属。況十数年間、至大官右職、教化所系、其若是乎。

権徳輿は、近頃の詩文を、華麗さばかりを貴び（近者祖習綺靡）、小手先で虫を彫刻する技に過ぎない（過於雕虫）と批評し、形式ばかりにかたよった当時の文学思潮を批判している。そして、「虫を雕《きざ》むに過ぐ」詩文の代表として甲賦、律詩、儷偶、対属をあげている。

甲賦は先に述べたように律賦を指す。また律詩とは、声律の整った近体詩を広く指す。先の甲賦が科挙の試験に用いられる賦であることからすれば、この律詩というのも試験に課された近体詩であると考えられる。そして儷偶、対属は律賦や律詩の中でふんだんに使われる美しい対句のことである。つまり権徳輿によれば、科挙に用いられる律賦や律詩、またその中で用いられる美しい対句などというものは、「虫を雕《きざ》む」小手先だけの技でしかないということである。そして権徳輿は、形式ばかりにかたよった詩賦の出来映えを基に人材を登用しているから「況んや十数年間、大官右職の教化の系《かか》る所、其れ是の若《かく》きをや」ここ十数年の間、大臣や政府の要職にあるものたちが、人民の教化に関わることが全くできていないのは当然だと非難している。（一〇）

傅璇琮氏によれば、権徳輿と柳冕はともに科挙の試験を経ずに官吏になった人物だと言う。律賦をことさらに強く否定するこのような権徳輿の態度は、自身の経歴も大きく影響していると考えられる。（一一）

続いて舒元輿「上《たてまつ》りて貢挙を論ずる書（上論貢士書）」を見てみたい。舒元輿は、先にあげた権徳輿よりも二十八才年下であり、元和八年（八一三年）に進士科に及第している。舒元輿は、直情型の性格であったらしく「甘露の変」で宦官派の誅殺を企てた李訓派に与して大和九年（八三五年）に殺されている。舒元輿はこの上書文の中で甲賦と律詩を次のようにはげしく批判する。

今の甲賦 律詩を睹《み》るに及べば、皆 是れ経誥を偸折し聖人の言を侮《あなど》る者にして、乃ち聖人の徒に非ざるを知るなり。……甲賦 律詩を試するは、是れ之を待つに虫を雕《きざ》むの微芸を以てするものにして、人文を観て化成する所以の道に非ざるなり。有司の知らざるは、其れ弊を為すこと此《かく》の若し。

及睹今之甲賦律詩、皆是偸折経誥侮聖人之言者、乃知非聖人之徒也。……試甲賦律詩、是待之以雕虫微芸、非所以観人文化成之道也。有司之不知、其為弊若此。

最近の科挙に提出される甲賦や律詩は、経書に書かれている教えをこっそり抜き取って、ねじ曲げ（偸折経誥）、聖人の言葉を侮辱する（侮聖人之言）ものばかりだと舒元輿は非難する。これは表現の華麗さのみを考えて経書の言葉を用いる当時の文学の風潮を強く非難した発言だと理解できる。そして舒元輿は、甲賦や律詩で官吏を登用することは（試甲賦律詩）、小手先で虫を雕む（雕虫）ちっぽけな芸（微芸）によって人士を用いるものであり、それは「人の文」を見て天下を教化するという聖人の道とはかけ離れたものだ（非所以観人文化成之道也）と言う。すなわち舒元輿も権徳輿と同様に律賦には社会的な意義が全くなく、そのようなもので人材を登用してはいけないと批判しているのである。

次にあげる皇甫湜「李生に答ふる書（答李生書）」には、一方で律賦を「浮艶声病の文」だと認めながら、もう一方で科挙に及第するためはそれを習得しなくてはならない当時の士大夫の立場をもふまえた律賦観が述べられている。

皇甫湜は、元和元年（八〇六年）に進士科に及第した士大夫であり、当時、韓愈門下の古文家として名が知られていた。この「李生に答ふる書（答李生書）」は、皇甫湜が李生という進士に宛てた返信の手紙である。李生は先の手紙で科挙で用いられる詩賦を「浮艶声病の文」と批判し、そのようなものを作るのは恥だと書いたのだろう。李生に対する返信の手紙で皇甫湜は科挙で用いられる詩賦を「浮艶声病の文」だと認めながらも、李生の考えに対しては次のように反駁する。

来書 謂ふ所の浮艶声病の文は、恥として為《つく》らざる者なり。誠に恥づ可きと雖も、但だ足下 方今《いま》 爾《しか》らざるを慮り、且つ自ら其の言を信ずる能はず。何となれば、足下 進士に挙げらる。進士に挙げらるる者は有司 高く科格を張り、毎歳 聚まる者は之に試す。其れ取る所は乃ち足下の為《つく》らざる所の者なり。「工、其の事を善くせんと欲すれば、必ず其の器を利《するど》くす」と。足下 方《まさ》に柯を伐《き》らんとするに其の斧斤を捨つるは、可なるや。之を恥とすれば当に求むべからざるなり。求めて之を恥づれば、惑ふなり。今 吾子 之を求むは、是れ徒渉して足を濡らすを恥とするなり。寧《いず》くんぞ自ら其の言を信ずる能はんや。

来書所謂浮艶声病之文、恥不為者。雖誠可恥、但慮足下方今不爾、且不能自信其言。何者、足下挙進士。挙進士者有司高張科格、毎歳聚者試之。其所取乃足下所不為者也。工欲善其事、必利其器。足下方伐柯而捨其斧斤、可乎哉。恥之不当求也。求而恥之、惑也。今吾子求之矣、是徒渉而恥濡足也。寧能自信其言哉。

科挙で採用される詩賦は、あなたが作るべきではないと言う、あでやかさや声律面ばかりを競った内容のからっぽなものです（其所取乃足下所不為者也）が、『論語』には「職人たるもの、自分の仕事をうまくやろうとする時は（工欲善其事）、使う道具をまず必ず研ぐものだ（必利其器）」とあります。[一二] 木を切るのに斧を投げ捨てることができるでしょうか（足下方伐柯而捨其斧斤、可乎哉）。このように皇甫湜は李生の態度を批判する。すなわち科挙に及第するのならば、その手段として当時、流行していた「浮艶声病」な文章を習得しなくてはならないということである。そして科挙に及第したいと考えるのに、その手段を恥とするのは、川を渡るのに足が濡れるのを恥とする（徒渉而恥濡足）ようなものだと皇甫湜は述べる。

程千帆氏はこの皇甫湜の言説を基に「古文運動は、時文（律賦を指す）を主要科目とする進士科の試験制度そのものに決して反対することができなかった[一三]（古文運動可不能反対時文所依存的進士科挙制度）」と指摘する。また許結氏も「韓愈、柳宗元ら古体派と律体派の争点は、賦の試験制度についての議論にあるのではなく、文体や文章のはたらきに関する考え方の違いにあった（韓・柳古体派与律体派的対壘、其焦点已在対試賦制度的商権、而是出於文体、文用的思考）」と指摘する。[一四] すなわち両氏の説に基づけば、韓愈ら古文家も科挙に律賦が課されること自体は容認する態度を示していたということである。また趙俊波氏も『中晩唐賦分体研究』[一五]において許氏の見解に賛同している。

　両氏の指摘は当を得ているが、ここでは、皇甫湜も科挙で用いられる詩賦を権徳輿や舒元輿と同様に「あでやかさや声律面ばかりを競い内容がからっぽ（浮艶声病）」だと認めている点に注意したい。さらに皇甫湜は李生に宛てた二つ目の手紙の中で、甲賦を自分のめざす文章とはっきり区別して次のように述べる。

　……孔子曰はく「先づ其の言を行ふ」と。既に甲賦を為《つく》れば、声病の文を作らざると称するを得ざるなり。孔子云はく「必ずや名を正さん」と。生は既に一第を以て事と為さず、当に進士を以て姓名を冠すに当たらざるなり。夫れ煥乎郁郁乎たるの文、之を制度と謂ひ、止《た》だに文詞のみに非ざるなり。前者は巻軸を捧《ささ》げて来り、又た浮艶の声病を以て説を為し、文詞を商量するに似たり。当に制度の文と、日を異にして言ふべきなり。……

　……孔子曰、「先行其言」。既為甲賦矣、不得称不作声病文也。孔子云、「必也正名乎」。生既不以一第為事、不当以進士冠姓名也。夫煥乎郁郁乎之文、謂之制度、非止文詞也。前者捧巻軸而来、又以浮艶声病為説、似商量文詞。当与制度之文、異日言也。……

皇甫湜は、李生に対して「あなたは科挙受験で甲賦を作ったことがあるから（既為甲賦矣）、声律ばかりにこだわった文章を作ったことがないとは言えない（不得称不作声病文也）」と述べる。これも科挙の詩賦を「浮艶声病」だと非難し、そのようなものを作るのは恥だとする李生の考えに反駁した言説だと理解できる。すなわち、あなたも科挙を受験した際、そのような文章を作ったことがあるでしょう、ということである。

さらに続く部分で、皇甫湜は「声律ばかりにこだわった（声病）」文章である甲賦を「文化の高さ、美しさがあらわれた文章（煥乎郁郁乎之文）」や「規範となるべき文章（制度之文）」とはっきり区別して次のように論じる。すなわち、甲賦などは表現のあでやかさや声律面ばかりを考え（以浮艶声病為説）、言葉を工夫して作ったもの（商量文詞）に過ぎず、いわゆる規範となるべき文章（制度之文）とは同日に論じるべきではないということである。これは、現行の科挙の試験科目である以上、律賦を全部は否定できないが、しかしそれは決して「規範となるべき文章（制度之文）」ではないということである。

科挙に受かるためには、当時主流であった「浮艶声病」な文章をもマスターしないといけないと考えている点で、皇甫湜の考えは権徳輿や舒元輿よりも現実的である。しかし律賦を思想内容がからっぽで社会の何の役に立たないと捉えている点は、権徳輿や舒元輿と全く同じである。権徳輿、舒元輿と皇甫湜の言説の違いは、理想のみを論じた議論か、現実をふまえた議論かの違いであり、律賦そのものの捉え方には全く違いはない。ここではその点を強調したい。

それでは、皇甫湜の師である韓愈は、律賦についてどのように述べているのだろうか。次にあげる「崔立之に答ふるの書（答崔立之書）」は、吏部の試験に何度も落第した韓愈を慰めるために書いた崔立之の手紙に、韓愈が答えたものである。この手紙で韓愈は博学宏辞科の試験問題を強く非難している。この手紙の中には、律賦のことについて直接論じた部分があるわけではないが、博学宏辞科の試験問題について論じている以上、その中には当然律賦も含まれているはずである。

聞くならく吏部に博学宏辞を以て選する者有り、人尤も之を才と謂ひ、且つ美仕を得と。就きて其の術を求むれば、或ひと試する所の文章を出す。亦た礼部の類なり。私《ひそか》に其の故を怪しむも、然れども猶ほ其の名を楽《ねが》ふ。

因て又た州府に詣《いた》りて挙を求む。……退きて自ら試する所を取りて之を読めば、乃ち俳優なる者の辞に類す。顔忸怩として心寧《やす》からざる者数月《こと》なり。

聞吏部有以博学宏辞選者、人尤謂之才、且得美仕。就求其術、或出所試文章。亦礼部之類。私怪其故、然猶楽其名、因又詣州府求挙。……退自取所試読之、乃類俳優者辞、顔忸怩而心不寧者数月。

博学宏辞科の試験が終わった後自宅に戻り、自分が書いた答案を改めて読んでみたところ（退自取所試読之）、それは道化役者のことばのようであった（類俳優者辞）と言う。そしてこんな文章を書いてしまったと、恥ずかしい思いになり数ヶ月心が穏やかでなかった（顔忸怩而心不寧者数月）と述べている。

「道化役者のことば（俳優者辞）」とは、政治的・道徳的意義の全くない遊戯の文章を卑下した発言だと理解できる。例えば『漢書』揚雄伝には、次のようにある。

往時　武帝は神仙を好む。相如　大人の賦を上《たてまつ》り、以て風せんと欲するも、帝　反《かえっ》て縹縹として雲を陵ぐの志有り。是れに繇《よ》りて之を言へば、賦は勧めて止めざること明かなり。又た頗る俳優の淳于髠、優孟の徒の似《ごと》し。法度の存する所、賢人　君子の詩賦の正なるに非ざるなり。是に於ひて輟《や》めて復た為《つく》らず。

往時武帝好神仙。相如上大人賦、欲以風、帝反縹縹有陵雲之志。繇是言之、賦勧而不止明矣。又頗似俳優淳于髠、優孟之徒。非法度所存、賢人君子詩賦之正也。於是輟不復為。

漢の武帝が、神仙におぼれた時、司馬相如は「大人の賦」を作って諌めようとしたが、武帝はそれを読むとむしろ神仙に対するあこがれを強めてしまったと言う。そして揚雄はこの漢の武帝の故事から、賦には神仙の道を推し進めるはたらきはあるが、止めさせるはたらきはないと悟り、俳優の淳于髠や優孟がやる芸と変わらないと考え、賦を作ることをやめたのだと言う。

韓愈は博学宏辞科で課される詩文を「道化役者のことば（俳優者辞）」と卑下していたということは、律賦をはじめとする科挙の詩文を、単なる言葉遊びに過ぎないと見なしていたということである。また韓愈がこのように律賦を強く否定するのは、おそらく自身が何度も博学宏辞科の試験に落第した事情も大きく影響しているのであろう。彼が生涯をかけて古文を主張した背景には、青年期の科挙をめぐる苦い経験があったものと考えられる。

＊

律賦を否定する士大夫たちは、どのような観点からそのような態度をとったのだろうか。それについてまとめると次のようになる。すなわち第一に律賦をはじめとする科挙の詩文には、本来書かれていなければならない「教化」や「人文を観て化成するの道」に関する思想内容が全くないと考えていた。そして第二に、「あでやかさや声律（浮艶声病）」面ばかりを重視した社会的意義の全くない「道化役者のことば（俳優者辞）」に過ぎないと見なしていた。この二点から律賦を否定していたのである。

理屈から言えば、もしそこに「教化」や「人文を観て化成するの道」に関する思想内容が込められていればすばらしい詩文と言えるであろう。しかし、「経書に書かれている教えをこっそり抜き取って、ねじ曲げ（偸折経誥）」るものに過ぎないと評した舒元輿や、博学宏辞科の答案を「道化役者のことば（俳優者辞）」と卑下した韓愈らの態度から察すると、彼らはそもそも律賦には意義のある思想内容など盛り込むことなどできないと考えていたと思われる。すなわち自分のあらわすべき思想内容を表現できないものとして、律賦という文体そのものを否定していたと言える。

②律賦や科挙の詩文を肯定する立場

続いて律賦を肯定する士大夫の言説を再検討したい。許結氏は、律賦に肯定的な態度を示した士大夫として元稹と白居易をあげている。許氏の説に基づけば、元稹と白居易は、「賦の試験制度と律賦の制作とを儒教の六義の範疇に融合させ、世に広めた（将考賦制度与律賦制作納入儒教『六義』範疇加以宣揚）」ということである。そこで本節では、彼らが書いた対策文や手紙文を検討し、具体的にどのような観点に基づいて律賦に肯定的な態度を示していたのかを確認したい。

元稹は制挙の試験の際に書いた「才識 兼ねて茂く 体用に明らかなる策（才識兼茂明於体用策）」という対策文の中で、科挙の詩文のあるべき姿を次のように論じる。

其れ詩、賦、判、論、文を以て自ら試する者は、皆 之を文士と謂ふを得。今古を経緯し、理は是非に中《あた》る者を以て上第と為し、藻績 雅麗なる者は之に次《つ》ぐ。凡そ布衣より未だ朝省に在るに逮《およ》ばざる者に達するまで、悉《ことごと》く両科を以て仕を求むるを得、礼部は其の高下を第し、之を吏部に帰して之を寵秩す。此くの若くすれば、則ち儒術の道 興り、経緯の文 盛んならん。

其詩、賦、判、論、以文自試者、皆得謂之文士、以経緯今古、理中是非者為上第、藻績雅麗者次之。凡自布衣達於未逮在朝省者、悉得以両科求仕、礼部第其高下、帰之吏部而寵秩之。若此、則儒術之道興、而経緯之文盛矣。

元稹は、自己の文才に自信を持って科挙に挑む者は、文士と呼ぶにふさわしい（其詩、賦、判、論、以文自試者、皆得謂之文士）と述べ、詩や賦などによって人材を登用することに肯定的な態度を示している。さらには科挙の詩文をランク付けして「古今の変わらぬ常法を説き（経緯今古）」、「是非にかなった道理が述べられた（理中是非）」詩文を最上とし、「文彩が豊かで美しい（藻績雅麗）」だけの詩文はそれよりも劣ったものと見なすとしている。

この元稹の言説は、官吏を登用する際、華麗なだけの詩文を採用してはいけないと主張する点では韓愈らの考えと全く同じである。しかし元稹は、科挙の詩文でも「古今の変わらぬ常法を説き（経緯今古）」、「是非にかなった道理が述べられた（理中是非者）」、政治的・道徳的に意義のある作品もやはり存在すると認めている。そしてこのような詩文を採用して人材を登用すれば、「儒家の教え（儒術之道）」が世に広まり、「規範となるべき文章（経緯之文）」が多く作られるようになると考えている。ここから、元稹の考えは、政治的・道徳的な意義は全くないとして律賦そのものを否定した韓愈らの考えとはっきり異なると言える。

　同様に白居易も律賦をはじめとする科挙の詩文に政治的・道徳的効用があると考えていた。白居易は制挙の受験の際に「文章を議す（議文章）」という対策文を制作している。この対策文は厳密に言うと、科挙の詩文だけを論じたものではないが、全体としては天子がどのような文章を採用すべきなのかということを論じており、おおよそ科挙の詩文を念頭においた議論だと言える。

　是を以て凡そ今　筆を秉《と》るの徒、率爾として言ふ者有るなり。斐然として章を成す者有るなり。故に歌詠・詩賦・碑碣・讃誄の製、往往にして虚美なる者有り、愧辞なる者有り。……今　褒貶の文、実を覈《しら》ぶる無ければ、則ち懲勧の道　欠くるなり。美刺の詩　政を稽《かんが》へざれば、則ち補察の義　廃《すた》るるなり。章を彫《ほ》り句を鏤《ちりば》むと雖も、将《は》た焉《いづく》んぞ之を用いんや。

　是以凡今秉筆之徒、率爾而言者有矣。斐然成章者有矣。故歌詠詩賦碑碣讃誄之製、往往有虚美者矣、有愧辞者矣。……今褒貶之文無覈実、則懲勧之道欠矣。美刺之詩不稽政、則補察之義廃矣。雖彫章鏤句、将焉用之。

今、政治を褒貶すべき文章が（今褒貶之文）、政治の実態を明らかにしなければ（無覈実）、悪を懲らしめ善を勧める道が欠けてしまい（懲勧之道欠）、為政者を賛美したり諷刺するべき詩が政治のことを考えなければ（美刺之詩不稽政）、過ちを補い是非を正すための道が無くなってしまうだろう（補察之義廃）。そして政治的・道徳的に何にも役に立たない詩文ならば彫琢を加え美麗な語句を鏤めてもどうしようもない（雖彫章鏤句、将焉用之）。このように白居易は述べる。

この発言も、詩文を創作する際、まず内容を優先して考えるべきだと主張している点では韓愈らの考えと軌を一にする。しかしここで白居易は応試で科される詩賦にも政治を「褒貶」したり「美刺」したりする政治的・道徳的意義が本来備わっていると認め、そのあるべき姿に立ち戻らなくてはいけないと主張している。すなわち白居易の考えも、応試で課される詩賦には政治的・道徳的意義などないとする韓愈らの考えと大きく異なるのである。

以上にあげた元稹の「才識 兼ねて茂く 体用に明らかなる策（才識兼茂明於体用）」や白居易の「文章を議す（議文章）」は、それぞれ天子に読まれることを想定して書かれた対策文である。従って、現行の試験科目である律賦そのものを否定しないのは、言わば当たり前かも知れない。しかし、元稹や白居易は、科挙及第後も律賦に対してやはり肯定的な発言を残している。つまりこれら対策文における発言は、単なる試験のためのものではなかったと言うことができる。

例えば元稹は、「白氏長慶集の序」の中で、白居易が進士科受験の時に書いた律賦作品を次のように褒め称えている。

貞元末、進士 馳競を尚《とうと》ぶも、文を尚《とうと》ばず。就中《なかんずく》六籍は尤《もっと》も擯落す。礼部侍郎 高郢 始めて経芸を用《もっ》て進退と為し、楽天 一たび上第に挙擢せらる。明年、甲科に抜萃せらる。是より「性習 相ひ近遠す」、「玄珠を求む」、「白蛇を斬る」等の賦及び百道判は、新進士競ひて相ひ京師に伝ふ。

貞元末、進士尚馳競、不尚文。就中六籍尤擯落。礼部侍郎高郢始用経芸為進退、楽天一挙擢上第。明年、抜萃甲科。由是性習相近遠、求玄珠、斬白蛇等賦及百道判、新進士競相伝於京師矣。

元稹によれば貞元末年の進士の試験では、文章の出来映えを競い合うばかりで、学問（文）を貴ばず、儒家の六経（六籍）が特にないがしろ（擯落）にされていたという。そこで礼部侍郎の高郢は、そのような風潮を改めるため、経学に基づいて人士を採用しはじめ（始用経芸為進退）、白居易はその高郢のもと、上位の成績で進士に及第した（楽天一挙擢上第）という。そして白居易が受験の際に提出した「性習相ひ近遠す」、「玄珠を求む」、「白蛇を斬る」等の律賦や百道判は、（一六）試験後に模範として都の科挙受験生の間で大いに広まった（新進士競相伝於京師矣）という。

こうした科挙受験にまつわるエピソードを白居易の誇らしい事跡として「白氏長慶集の序」に記していることからすると、元稹は科挙及第後もやはり変わらずに律賦を政治的・道徳的に意義のあるものとして肯定的に捉えていたと言える。

また白居易自身も「元九に与ふるの書」において次のように述べる。

日者《さきごろ》、又 親友の間に説《い》ふを聞くならく、礼、吏部の挙選の人、多く僕の私《ひそ》かに試みし賦判を以て、伝へて準的と為せり。其の余の詩句も、亦た往往にして人口の中に在りと。僕 恧然として自ら愧ぢて之を信ぜざるなり。

日者、又聞親友間説、礼、吏部挙選人、多以僕私試賦判、伝為準的。其余詩句、亦往往在人口中。僕恧然自愧、不之信也。

ここで白居易は、自分の律賦や判が科挙の試験官の間で模範的な作品と見なされていることに対して「恧然として自ら愧《は》ぢ」、「之を信ぜざるなり」と述べている。しかしこれは謙遜した発言と受け取るべきであろう。白居易は自身の詩文集『白氏文集』を編集する際、科挙受験時に制作した律賦や判を他の同時代人と比較にならないほどに多く収めている。ここから推し量れば白居易は自身が制作した律賦や判にやはり相当の自負を持っていたと理解できる。

以上に確認した元稹や白居易の律賦に対する態度は、自身の試験答案を「俳優なる者の辞に類す」と評し「忸怩」

たる思いになった韓愈の態度とは実に対照的である。そして律賦に対する両者の態度がこれほどに異なるのは　白居易らは韓愈と較べて比較的順調に礼部や吏部の試験に合格したという事情も恐らく大きく関係している。

（五）おわりに

律賦否定派と肯定派の態度の違いは、どのような観点の違いに基づくものだったのであろうか。それについてまとめると次のようになる。

韓愈らにせよ白居易らにせよ、律賦をはじめとする科挙の詩文が形式ばかりに偏ることを危惧し、政治的・道徳的に意義のある思想内容を表現しなくてはいけないと主張していた。これは恐らく当時の士大夫の共通認識であった。だがその中でも韓愈らは、律賦ではそもそもそのような思想内容を表現できないとして、律賦そのものを否定していた。例えば韓愈は、政治的・道徳的な働きなどないとして律賦を「俳優なる者の辞」と強く否定した。また律賦否定派の中でも権徳輿や舒元輿は、律賦を科挙の試験から廃止せよとまで主張していたのに対し、皇甫湜は律賦の試験そのものは受け入れる態度を示しており、律賦を否定する中にも程度に違いが見られる。（一七）しかし律賦を政治的・道徳的に全く意義のないものと捉えていた点では両者の考えは一致している。

それに対して元稹、白居易らは、律賦が形式に偏りがちになることを危惧しながら、それらにも「今古を経緯し、理は是非に中《あた》る」律賦や、「褒貶」「美刺」するはたらきのある律賦も存在すると認めていた。だからこそ彼らは律賦に肯定的な態度を示していたのである。すなわち、否定派と肯定派の違いは、「律賦という文体によって政治的・

道徳的に意義のある思想内容を表現できるか否か」という問題に対する考えの違いであったと言える。

冒頭で述べたように律賦を肯定した士大夫の中でも、特に白居易の律賦作品は、同時代人や後世の人々に高く評価された。白居易は律賦という文体を用いて意義のある思想内容を表現できるとする確乎とした理念を持っていたからこそ、実作においてもこのように秀作が多いのだと考えられよう。

白居易には、「賦の賦」という作品がある。この作品は律賦の形式を用いて当時の律賦作品を評論したものである。そこでは、『詩経』の伝統をいかに継承しているかという点に注目して律賦作品を評価している一方で、伝統の革新という面も重視している。次の章ではその点について検討したい。

注

（一）褚斌傑著・福井佳夫訳『中国の文章―ジャンルによる文学史』（汲古選書三九　汲古書院　二〇〇四）〔一一〇頁〕参照。

（二）それぞれの段落の押韻のされ方を『広韻』の韻目で示すと次のようになる。【第一段】「者」の韻：（上声、馬韻）【第二段】「詩」の韻：（上平声、支韻、之韻、脂韻〔支韻・之韻・脂韻は同用〕）【第三段】「賦」の韻：（去声、暮韻、遇韻〔暮韻、遇韻は同用〕）【第四段】「之」の韻：（上平声、之韻、脂韻〔之韻・脂韻は同用〕）【第五段】「古」の韻：（上声、麌韻、姥韻）【第六段】「流」の韻：（下平声、尤韻）岡村繁訳註『白氏文集』（四）（新釈漢文大系　明治書院　一九九〇）〔五五二頁〕参照。

（三）尹占華『律賦論稿』上編「律賦与科挙」第一章「科挙与律賦的関係」（詩賦研究叢書　巴蜀書社出版　二〇〇一）〔三～四九頁〕

（四）平岡武夫「白居易と賦」（『吉川博士退休記念中国文学論集』筑摩書房　一九六八）、岡村繁「白居易の賦」（『白居易研究講座』

巻二　一九九四所収)、波戸岡旭「白居易「賦賦」について」(國學院中国学会報第四十二輯　一九九八)

なお戦前の研究では、鈴木虎雄氏が『賦史大要』(冨山房　一九三六)の第五篇「律賦時代」において、およそ一〇〇頁に渡って律賦が科挙に課されるようになった経緯や、唐宋時代の代表作品やその表現の特徴などを説明している。しかし当時の士大夫の律賦観がいかなるものであったのかについては十分に言及していない。

(五)　程千帆『唐代進士行巻与文学』(『程千帆全集』巻八　河北教育出版社)なお日本語訳に松岡栄志・町田隆吉訳『唐代の科挙と文学』(凱風社　一九八六)〔一七〇頁〕があり、参照した。

(六)　傅璇琮『唐代科挙与文学』「第十三章・唐人論進士試的弊病及改革」(陝西人民出版社　二〇〇三)〔三八二〜四〇三頁〕

(七)　許結「論唐代賦学的歴史形態」(『南京大学学報』哲学・人文科学・社会科学　一九九六)〔四五〜四六頁〕

(八)　近年中国で刊行された律賦に関する論著(既出のものは省く)をあげると次のようになる。

①謝思煒「白居易的文学思想」一、貶文与崇文(『白居易集綜論』中国社会科学出版社　一九九七所収)
②馬積高『歴代辞賦研究史料概述』(中国古典文学史料研究叢書　中華書局　二〇〇一)
③韓暉『隋及初盛唐賦風研究』(広西師範大学出版社　二〇〇二)
④陳良運主編『中国歴代　賦学曲学論著選』(百花洲文芸出版社　二〇〇二)
⑤趙俊波『中晩唐賦分体研究』(中国社会科学出版社　華齢出版社　二〇〇四)
⑥詹杭倫『唐宋賦学研究』(中国社会科学出版社　華齢出版社　二〇〇四)
⑦許結『賦体文学的文化闡釈』(中華書局　二〇〇五)
⑧王良友『中唐五大家律賦研究』(儒林選萃三七　文津出版社有限公司　二〇〇八)
⑨彭紅衛『唐代律賦考』(社会科学文献出版社　二〇〇九)

（九）文廷式『純常子枝語』巻三九によると、唐代には律賦という呼び名はまだなく、甲賦と呼んでいたと言う。また周中孚『鄭堂札記』巻一によれば、応試の賦を甲賦というのは、甲〔兵士〕に命じて答案を配らせたことに基づくのだと言う。これらについては、程千帆著・松岡栄志・町田隆吉訳『唐代の科挙と文学』（凱風社　一九八六）〔一一六頁〕に詳しい説明がある。

（一〇）謝思煒氏によると、白居易以前（盛唐から中唐にかけての時期）には、詩文の制作（詞章之学）そのものを経世に「無用」と見なす思潮があったという。謝氏その例としてこの権徳輿「柳福州に答ふるの書（答柳福州書）」をあげている。（謝思煒著『白居易集綜論』「白居易的文学思想」一、貶文与崇文　中国社会科学出版　一九九七所収）〔三四〇～三四三頁〕謝氏の論旨は、本節と共通する部分もあるが、権徳輿のこの文章をよくよく読んでみると、思想内容が空疎である律賦（またその他の科挙で課される詩文のあり方）を非難しているだけであり、詩文そのものの道徳的・政治的意義を否定しているわけではない。詩文そのものの議論と科挙にまつわる詩文の議論とは、それぞれ分けて考える必要があろう。本節は後者（その中でも特に律賦に関する議論）に焦点をしぼって検討するものである。

（一一）傅璇琮氏『唐代科挙与文学』「第十三章・唐人論進士試的弊病及改革」〔三九三頁〕

（一二）『論語』衛霊公篇のことば。訳は金谷治訳『論語』（岩波文庫　一九九六）〔二一三頁〕によった。

（一三）程千帆『唐代進士行巻与文学』（『程千帆全集』巻八　河北教育出版社）〔七五頁〕、訳は程千帆著・松岡栄志・町田隆吉訳『唐代の科挙と文学』〔一七〇頁〕を参照した。なお程氏によると、当時の古文家は、律賦を書く訓練をして科挙に臨む一方で、権勢家に行巻として文章を送る際は古文を用い、場面に応じて文体を使い分けていたと言う。

（一四）許氏によれば、韓愈・柳宗元が『楚辞』を源とする古体の賦を用いて「道を明らかにし」「志を写す」ことを目指したのに対して、元稹・白居易は律賦を用いて「六義」を表現しようとしたという。〔四九頁〕許氏がここで古体派と律体派の争点としてあげる「文体や文章のはたらきに関する考え方の違い（文体、文用的思考）」〔四八頁〕とは、両者が異なる文体を選択したことを指していると理解できる。では何故、韓愈らは「道を明らかにし」「志を写す」際に律賦を用いなかったのか。また何故、白居易らは「六義」を表現する際に律賦を用いたのか。その理由については許氏は十分に論じていない。本節では特にその点を明らかにしたい。

（一五）趙俊波『中晩唐賦分体研究』下篇「論中晩唐人律賦観」第一章「論中晩唐人的律賦観」（中国社会科学出版社　華齢出版社　二〇〇四）〔二一八〜二二三頁〕

（一六）百道判：白居易が書判抜萃科の受験をする際に、練習のために書いた百篇あまりの判（判決文）のことを言う。『白氏文集』巻六十六、六十七（紹興本）に収録されている。

（一七）尹占華氏は『律賦論稿』〔一七六〜二一八頁〕において、律賦を否定し古文を主張した文章家の中でも、実際の律賦作品の制作数や内容に違いがあると指摘する。例えば韓愈・柳宗元・劉禹錫らの詩文集には彼ら自身、律賦を強く否定したこともあり、律賦がほとんど収められていないという。それに対して欧陽詹・呂温・皇甫湜・侯喜らは多くの古文を世に残していながら、律賦もわりあい多く制作していると氏は指摘する。ただ彼らの律賦の作品には、いわゆる古文的な特徴はほとんどないと言う。これは律賦を軽視し古文とは全く別物として距離をとっていただからだと尹氏は指摘する。

　これらの尹氏の指摘は、律賦を否定する古文派の士大夫の中には程度の違いが見られること、また、律賦の試験そのものは受け入れる態度を示しながら律賦をやはり「浮艶声病」だと見なした皇甫湜の言説を実作の面から裏付けるものである。

第三章　伝統の革新にまつわる白居易の文学論

〔第三章の梗概〕

第三章「伝統の革新にまつわる白居易の文学論」では、「賦の賦」の検討を通して、白居易が伝統を越える新たな文学の創造に目を向けていたことを確認したい。

「賦の賦」は、当時の勅撰の律賦作品を律賦の形式を用いて批評したものであり、「賦者古詩之流（賦は『詩経』の流れを汲む）」という六字の限韻に基づいて書かれている。限韻とは、律賦を制作する際に科挙の出題者から指定される押韻の字であり、律賦の内容をも規定するものである。「賦の賦」は「賦者古詩之流（賦は『詩経』の流れを汲む）」という限韻に基づいて書かれているのであるから、前代の、『詩経』（古詩）と賦の関係について言及した賦論を下敷きにして論を展開していると考えられる。

そこで第一節「「賦の賦」の限韻「賦者古詩之流」について」では、「賦の賦」の「賦者古詩之流」という限韻を理解するために、漢代から唐代にかけて『詩経』と賦の関係がいかに論じられてきたのかを確認したい。

そして第二節「「賦の賦」で述べられる賦観について」では、前代の賦論を基にして白居易はいかに勅撰の賦作品を批評しているのかを検討したい。「賦の賦」を検討すると、白居易は勅撰の律賦作品に『詩経』を越える美しさを見出していたことが確認できる。そしてここに、唐代になって新たに生まれた律賦の意義を高らかにかかげようとする態度が見て取れる。

第一節 「賦の賦」の限韻「賦者古詩之流」について

（一）はじめに

白居易には、賦の形式を用いて賦を論じた「賦の賦」という作品がある。[一]「賦の賦」は、文学批評史において、類を見ない注目に値する作品である。もちろん「賦の賦」は西晋・陸機の「文の賦」を意識して制作されたものと推察できるが、論じられている内容を見ると両者には必ずしも深い影響関係は見出せない。さらに漢代から唐代に至る賦論を概観しても、賦の形式を用いて賦を論じた「賦の賦」のような作品は見出すことはできないのである。

唐代以後の多くの文人は、この「賦の賦」があらわされた唐代を賦の衰退期だと見なしてきた。例えば明・何景明は「雑言十首」で「秦に経無く、漢に騒無く、唐に賦無く、宋に詩無し（秦無経、漢無騒、唐無賦、宋無詩）」と述べ、明・胡応麟も『詩藪』内篇・巻一で「賦は漢に盛《おこ》り、魏に衰へ、唐に亡ぶ（賦盛於漢、衰於魏、而亡於唐）」と述べている。ただし唐代の賦に対するこれらの評価は、古文家の一面的な見方に基づくものであり、こうした発言を以て唐代の士大夫たちは賦を軽視していたはずだと見なすのは早計である。何故ならば唐代の士大夫たちは、詩の制作に力を注いでいる一方で、相当数の賦も制作しており、特に律賦の制作数は目をみはるものがあるからである。[二]すなわち律賦は科挙の必修科目であったのである。また前章で確認したように律賦肯定派の白居易や元稹は律賦にも「美刺」に関わる内容を表現することができると考えていた。以上の点から考えれば、後世の人がどう評価するかとは別に、唐代の士大夫の一部は、賦の制作に相当の熱意を傾けていたと推察できるのである。

それでは律賦肯定派に属する士大夫たちは、賦というジャンルをいかに捉えていたのだろうか。特に唐代になって新たに生まれた律賦の意義をいかに考えていたのだろうか。前節では中唐時代の士大夫の律賦観を全体的に概観したが、本節では「賦の賦」の検討を通して、律賦肯定派である白居易の賦観をより詳細に捉えたい。白居易の「賦の賦」は、衰退期だとみなされてきた唐代の賦の実状を知る一つの手がかりになるはずである。

ただし「賦の賦」を検討するには注意すべき点がある。それは「賦の賦」自体が律賦の形式によって書かれているということである。律賦を制作する際には、科挙の出題者が指定する限韻に基づいた内容を描かなくてはならない。白居易の「賦の賦」は、「賦者古詩之流（賦は『詩経』の流れを汲む）」という限韻に基づいて書かれているのであるから、前代の、『詩経』と賦の関係について言及した賦論を下敷きにして論を展開しているはずである。

そこで本節では「賦の賦」を理解するために、漢代から唐代にかけて『詩経』と賦の関係がいかに論じられてきたのかを確認しておきたい。『詩経』と賦の関係について論じた賦論は、いずれも賦の源を『詩経』であると捉えており、この点は、どの賦論も共通している。しかしその中にも大きく分けて次の二つの論調の違いがある。一つは『詩経』をいかに継承しているのかということに重きを置いて論じたものであり、もう一つは『詩経』よりいかに発展しているのかということに重きを置いて論じたものである。本節では『詩経』と賦の関係について論じた賦論には、この二つの論調の違いがあることをひとまず報告したい。そして白居易が「賦の賦」において、これら前代の賦論をふまえていかに自身の考えを展開しているのかについては次節で改めて論じたい。

（二）「賦の賦」概観

はじめに「賦の賦」の制作時期を確認しておきたい。白居易の詩文の制作年代を詳細に調べ、それを表にあらわしたものに、花房英樹氏の「総合作品表」がある。(三) ただし花房氏は、この表において「賦の賦」の制作時期をはっきり論断していない。(四) しかし律賦は科挙に課されるものであることから考えれば、岡村繁氏(五)が推測するように「三十歳前後、進士科受験期から書判抜萃科を経て制科入第前後のころ」に制作されたものと見なしてほぼ間違いないだろう。すなわち「賦の賦」は青年期に制作された作品と見なすことができる。

次に「賦の賦」の全文を確認しておきたい。左の原文にアスタリスクで示した箇所が押韻されている字である。(六) これらを見てみると限韻に基づいて「賦」「者」「古」「詩」「之」「流」の六つの韻を用いて押韻していること、また換韻のされ方から全体が六つの段落で構成されていることが分かる。

「賦賦」（以「賦者古詩之流」為韻）

①賦者古詩之流也。始草創於荀宋、漸恢張於賈馬*。氷生乎水、初変本於典墳、青出於藍、復増華於風雅*。而後諧四声、祛八病、信斯文之美者*。（「者」の韻）

②我国家、恐文道寖衰*、頌声凌遅、乃挙多士、命有司*、酌遺風於三代、明変雅於一時*。全取其名、則号之為賦、雑用其体、亦不出乎詩*。四始尽在、六義無遺*。是謂藝文之儆策、述作之元龜*。（「詩」の韻）

③観夫、義類錯綜、詞采舒布*。文諧宮律、言中章句*。華而不艶、美而有度*。雅音瀏亮、必先体物以成章、逸思飄

飆、不独登高而能賦。其工、究筆精、窮指趣、何慚両京於班固。（「賦」の韻）

④其妙者、抽秘思、騁妍詞、豈謝三都於左思。掩黄絹之麗藻、吐白鳳之奇姿。振金声於寰海、増紙價於京師。則、長楊、羽獵之徒、胡為比也、景福、霊光之作、未足多之。（「之」の韻）

⑤所謂、立意為先、能文為主。炳如繢素、鏗若鐘鼓。郁郁哉、溢目之黼黻、洋洋乎、盈耳之韶武。信可以凌轢風騒、超軼今古者也。（「古」の韻）

⑥今吾君、網羅六藝、淘汰九流、微才無忽、片善是求。況賦者、雅之列、頌之儔、可以潤色鴻業、可以発揮皇猷。客有自謂握霊蛇之珠者。豈可棄之而不収。（「流」の韻）

続いて「賦の賦」の内容を概観しておきたい。

第一段落では、賦の起源とその歴史について言及している。冒頭では限韻を受けて「賦は古詩の流れなり」と述べ、賦の源は『詩経』であると指摘する。そして素朴な『詩経』がだんだんと華麗さを増し賦へと発展し、現在に至っては沈約の「四声八病説」に適った最も華麗な文体になったと言う。

続く第二段落では、天子が勅命を下して、臣下たちに賦の作品集を作らせた経緯と、その作品集に対する全体的な評価が述べられている。白居易によれば、勅撰の作品集は『詩経』の「四始」や「六義」の要素をすべて兼ね備えており、詩文の手本と言えるべきものだと言う。

第三、四、五段落では、賦の作品集に対する賛辞が敷き連ねるように述べられている。白居易は勅撰の作品集を内容面、表現面ともに優れており、『詩経』や『楚辞』をも凌ぐ、とこの上なく高く評価する。

最後の第六段落では、賦には『詩経』の「雅」や「頌」と同様に、天子の徳を飾り立てるはたらきがあるとし、文才のある士を登用する意義を強調して全体を締めくくっている。

＊

以上のように「賦の賦」は、全篇に渡って賦を『詩経』と関係づけて論じている。これは限韻である「賦は古詩の流れ（賦者古詩之流）」に基づいて賦を論じているからである。先に述べたように、漢代以来、多くの文人によって賦の源は『詩経』であると指摘されてきたが、白居易の「賦の賦」も恐らくこうした前代の議論を下敷きにして自身の論を展開していると判断される。そこで本節では「賦の賦」を理解するための前作業として、漢代から唐代にかけて『詩経』と賦の関係がいかに論じられてきたのかを確認していきたい。

（三）『詩経』と賦の関係について言及した賦論

①『詩経』の継承を論じたもの

漢代から唐代に至る賦論には、『詩経』の継承を論じたものが多い。具体的に言うと『詩経』と同様の政治的・道徳的効用（七）を備えているかどうか、またそれらを備えるにはいかに表現をすべきなのかという点から賦を論じているということである。例えば揚雄『法言』吾子篇には次のようにある。

或ひと問ふ、「景差・唐勒・宋玉・枚乗の賦や益ありや」と。曰はく「必ずや淫ならん」と。「淫なるは則ち奈何《いかん》」と。曰はく「詩人の賦は、麗しく以て則あり。辞人の賦は、麗しく以て淫す。如し孔氏の門に賦を用ひれば、則ち賈誼は堂に升り、相如は室に入らんも、其の用ひざるを如何せん」と。

或問、景差唐勒宋玉枚乗之賦也益乎。曰、必也淫。淫則奈何。曰、詩人之賦、麗以則。辞人之賦、麗以淫。如孔氏之門用賦也、則賈誼升堂、相如入室矣、如其不用何。

揚雄は、景差・唐勒・宋玉・枚乗の賦を淫ら（淫）で世の中の役に立つものではないと見なし、賦には「詩人の賦」と「辞人の賦」があると述べる。ここで揚雄が言う「詩人の賦」とは『詩経』と同様の政治的・道徳的効用を備えた賦だと理解できる。具体的には孔子が賦を教材として用いるとしたら「堂に升り」「室に入る」ことができるという賈誼や司馬相如の賦がこの「詩人の賦」に当たる。これに対して「辞人の賦」とは、淫ら（淫）で世の中の役に立つものではないと強く批判された景差・唐勒・宋玉・枚乗の賦を指している。揚雄はここで賦の華麗さ（麗）も重視しているが、華麗なだけで政治的・道徳的効用のない賦は何の価値のないものだと見なしている。

同様の考え方は次にあげる『漢書』芸文志・詩賦略にも見られる。

春秋の後、周道 寖《ようや》く壊《やぶ》れ、聘問の歌詠 列国に行はれず。詩を学ぶの士、逸して布衣に在り。而して賢人 失志の賦 作《おこ》る。大儒 孫卿 及び楚臣 屈原は讒に離《かか》りて国を憂ひ、皆 賦を作りて以て風す。咸《みな》 惻隠の古詩の義有り。其の後 宋玉・唐勒、漢興りて枚乗・司馬相如、下は揚子雲に及ぶまで、競ひて侈麗 閎衍の詞を為し、其れ風諭の義を没す。是を以て揚子 之を悔ひて曰はく「詩人の賦は、麗しく以て則あり。辞人の賦は、麗しく以て淫す。如し孔氏の門に賦を用ひれば、則ち賈誼は堂に登り、相如は室に入らんも、其の用ひざるを如何せん」と。

春秋之後、周道寖壊、聘問歌詠不行於列国。学詩之士逸在布衣。而賢人失志之賦作矣。大儒孫卿及楚臣屈原離讒憂国、皆作賦以風。咸有惻隠古詩之義。其後宋玉・唐勒、漢興枚乗・司馬相如、下及揚子雲、競為侈麗

閎衍之詞、没其風諭之義。是以揚子悔之、曰詩人之賦麗以則、辞人之賦麗以淫。如孔氏之門人用賦也、則賈
誼登堂、相如入室矣、如其不用何。

大学者の荀子や楚の大臣であった屈原は、讒言で祖国を追われても祖国のことを心配し（離讒憂国）、それぞれ賦を作って諷刺をし（作賦以風）、『詩経』と同様に悲しみの思いが込められている（咸有惻隠古詩之義）として班固は高く評価している。これに対して景差・唐勒・宋玉以後の賦については、華やかで大げさな言葉（侈麗閎衍之詞）を競って用いるばかりで、諷刺の意義が失われてしまっており（没其風諭之義）評価に値しないと厳しく批判する。すなわち班固はここで『詩経』と同じように諷刺の意義を備えている荀子や屈原の賦をこそ評価し、『詩経』の精神から乖離した景差や唐勒の賦を強く否定しているのである。また『漢書』王褒伝にも、次のようにある。

上は褒と張子僑等をして並び待詔せしめ、数々《しばしば》褒等を従へて放猟し、幸《みゆき》する所の宮館にて、輒ち歌頌を為《つく》らしめ、其の高下を第《つい》じ、以て差して帛を賜う。議する者多く以て淫靡にして急ならずと為す。上曰はく「『博奕なる者有らずや。之を為すこと猶ほ已むに賢れり』と。辞賦の大ひなる者は古詩と義を同じくし、小なる者は弁麗 喜ばす可し。辟《たと》ふるに女工に綺縠 有り、音楽に鄭衛 有るが如し。今の世俗 猶ほ皆 此の虞《たのしみ》を以て耳目を説ばしむ。辞賦は之に比ぶれば、尚ほ仁義 風諭、鳥獣 草木 多聞の観有り。倡優博奕より賢《まさ》ること遠し」と。頃《しばらくして》之、褒を擢《ぬ》きて諫大夫と為す。

上令褒与張子僑等並待詔、数従褒等放猟、所幸宮館、輒為歌頌、第其高下、以差賜帛。議者多以為淫靡不急。上曰不有博弈者乎。為之猶賢乎已。辞賦大者与古詩同義、小者弁麗可喜。辟如女工有綺縠、音楽有鄭衛。今世俗猶皆以此虞説耳目。辞賦比之、尚有仁義風諭、鳥獣草木多聞之観。賢於倡優博弈遠矣。頃之、擢褒為諫大夫。

宣帝は猟に行くたびに王褒らに自分の徳を称える歌（歌頌）を作らせ、出来映えに応じて帛《きぬ》を与えていた。臣下たちはこの奢侈なふるまいを即刻止めるようにと宣帝を諌めた。すると宣帝は、「辞賦の大いなる者」には、『詩経』と同じ意義がある（与古詩同義）と反駁する。宣帝によれば、美しい表現によって人々を喜ばせたり（弁麗可喜）、俗人の耳や目を楽しませ（今世俗猶皆以此虞説耳目）るものに過ぎない「小なる」辞賦に対して「辞賦の大いなる者」は、物の道理（仁義）が述べられ、諷刺の思い（風諭）が込められており、それを読むことで鳥や獣、草木の名前を知ることもできる（鳥獣草木多聞之観）と言うのである。

以上のように宣帝は『詩経』と同等の政治的・道徳的効用を備えている「辞賦の大いなる者」を引き合いに出すことで、賦を作る意義を強調している。ただしもう一方で政治的・道徳的効用のないただ華麗なだけの「小なる」辞賦に対しては全く価値を見出していない。

また次にあげる班固「両都の賦の序」(八)では、司馬相如、虞丘寿王、東方朔らの賦が『詩経』の「雅」や「頌」に継ぐものだと高く評価されている。なお「賦の賦」の限韻である「賦は古詩の流なり」は「両都の賦の序」の冒頭の言葉を典故としている。

或ひは曰はく、「賦は古詩の流なり」と。昔　成康　没して頌声　寝《い》ね、王沢　竭《つ》きて詩作《おこ》らず。大漢　初めて定めて、日給するに暇あらず。武宣の世に至りて、乃ち礼官を崇び、文章を考ふ。内には金馬石渠の署を設け、外には楽府協律の事を興し、以て廃《すた》れるを興し絶へたるを継ぎ、鴻業を潤色す。……故に言語侍従の臣には、司馬相如、虞丘寿王、東方朔、枚皐、王褒、劉向の属《たぐい》の若き、朝夕に論思して、日月に献納す。而して公卿大臣には、御史大夫　倪寛、太常　孔臧、太中大夫　董仲舒、宗正　劉徳、太子太傅　蕭望之等、時時間《まま》作る。或ひは以て下情を抒べて諷諭に通じ、或ひは以て上徳を宣《の》べて忠孝を尽くし、雍容揄揚して、後嗣に著せり。抑《そもそも》　亦た雅頌の亜《つぎ》なり。

或曰、賦者、古詩之流也。昔成康没而頌声寝、王沢竭而詩不作。大漢初定、日不暇給。至於武宣之世、乃崇礼官、考文章。内設金馬石渠之署、外興楽府協律之事、以興廃継絶、潤色鴻業。……故言語侍従之臣、若司馬相如、虞丘寿王、東方朔、枚皐、王褒、劉向之属、朝夕論思、日月献納。而公卿大臣、御史大夫倪寛、太常孔臧、太中大夫董仲舒、宗正劉徳、太子太傅蕭望之等、時時間作。或以抒下情而通諷諭、或以宣上徳而尽忠孝、雍容揄揚、著於後嗣。抑亦雅頌之亜也。

司馬相如らの作品は、下々の思いを代弁して天子を諭したり（或以抒下情而通諷諭）、天子の徳を明らかにして忠義をあらわしたり（或以宣上徳而尽忠孝）、天子を大らかに褒めあげて（雍容揄揚）、後の世にそのすばらしさを示しており（著於後嗣）、『詩経』の「雅」や「頌」に継ぐもの（雅頌之亜）だと言える。このように班固は、政治的・道徳的効用のある司馬相如らの賦を『詩経』の「雅」や「頌」に匹敵するものと捉え、高く評価している。

以上のように漢代では『詩経』と同様の政治的・道徳的効用があるかどうかを論じた賦論が多くあらわされた。ここには漢代における儒教の影響力の強さがあらわれている。[九] しかし漢代以後、儒教の影響力が弱まり、老荘思想や仏教が主流となると言われる六朝時代においても『詩経』の政治的・道徳的効用を重視した賦論があらわされている。例えば東晋の陶淵明は、政治的・道徳的効用のある後漢の張衡らの賦作品を手本にして「閑情の賦」を制作したと述べる。

初め張衡「定情の賦」を作り、蔡邕は「静情の賦」を作れり。逸辞を検《おさ》へて澹泊を宗とし、始めは則ち蕩《うご》かすに思慮を以てし、而して終に閑正に帰す。将に以て流宕の邪心を抑へ、諒《まこと》に諷諫に助け有らんとす。文を綴るの士、奕代継いて作《おこ》り、並びに類に触れるに因りて、其の辞義を広む。余は園閭 暇多く、復た翰を染めて之を為れり。文の妙は足らずと雖も、庶《ねが》はくは作者の意を謬《あやま》らざらん。

初張衡作定情賦、蔡邕作静情賦。検逸辞而宗澹泊、始則蕩以思慮、而終帰閑正。将以抑流宕之邪心、諒有助於諷諫。綴文之士、奕代継作、並因触類、広其辞義。余園閭多暇、復染翰為之。雖文妙不足、庶不謬作者之意乎。

陶淵明は「閑情の賦」を制作する際に、放逸で邪な思い（流宕之邪心）に流れず、諷刺の助けとなるように（有助於諷諫）との思いを込めて書かれた張衡の「定情の賦」や蔡邕の「静情の賦」を手本にしたと言う。この「放蕩に流れる邪まな思いを抑え（抑流宕之邪心）」という評語は、『論語』為政篇の「詩三百、一言以て之を蔽えば、曰はく思ひ邪無し（詩三百、一言以蔽之、曰思無邪）」を典故としており、陶淵明が「閑情の賦」を制作するに当たって手本としたという張衡や蔡邕の賦の源には、『詩経』があったと言える。

＊

次にあげる西晋・左思「三都の賦の序」と唐・李白「大猟の賦の序」には、『詩経』と同様の政治的・道徳的効用を備えるにはいかに表現すべきかが論じられている。左思と李白は特に現実を「ありのまま」に描くことを提唱している。まず左思の「三都の賦の序」（一〇）を見てみよう。

蓋し詩に六義有り。其の二を「賦」と曰ふ。楊雄《ママ》曰はく、「詩人の賦は、麗にして以て則あり」と。班固曰く、「賦は古詩の流なり」と。

蓋詩有六義焉。其二曰賦。楊雄《ママ》曰、詩人之賦、麗以則。班固曰、賦者古詩之流也。

冒頭で左思は、『詩経』の「六義」の「賦」を引き合いに出し（一一）、さらに揚雄の『法言』や班固の「両都の賦の序」の言説を引用して賦の源は『詩経』であると主張する。そして『詩経』の詩にはどのようなはたらきがあったのかについて次のように説明している。

先王採りて、以て土風を観る。「緑竹 猗猗たる」を見ては、則ち衛地は淇澳の産なるを知り、「其の版屋に在る」を見ては、則ち秦野は西戎の宅たるを知る。故に能く居然として八方を弁ず。然れども司馬は上林を賦して、盧橘 夏に熟するを引き、揚雄は甘泉を賦し、玉樹 青葱たるを陳べ、班固は西都を賦して、歎ずるに比目を出すを以てし、張衡は西京を賦して、述ぶるに海若に遊ぶを以てす。珍怪を仮称して以て潤色と為す。

　先王採焉、以観土風。見緑竹猗猗、則知衛地淇澳之産、見在其版屋、則知秦野西戎之宅。故能居然而弁八方。然司馬賦上林、而引盧橘夏熟、揚雄賦甘泉、而陳玉樹青葱、班固賦西都、而歎以出比目、張衡賦西京、而述以遊海若。仮称珍怪、以為潤色。

『詩経』には各地の風俗が「ありのまま」に描かれていたので、それらを読めば地方の風俗が理解できたが、漢代の司馬相如らの賦は、過度に修辞がこらされて現実からかけ離れたことが描かれているので、それぞれの作品を読んでも各地の風俗を理解することができないと言う。そこで左思はこうした漢代の不健全な文学の風潮を正すために「三都の賦」を書く際には、現実を「ありのまま」に描くことに注意を払ったと述べる。

余 既に二京を慕して三都を賦せんことを思ひ、其の山川 城邑は、則ち之を地図に稽《かんが》へ、鳥獣 草木は、則ち之を方志に験《かんが》へ、風謡 歌舞は、各々其の俗に附き、魁梧 長者は、其の旧に非ざるは莫し。

　余既思慕二京而賦三都、其山川城邑、則稽之地図、鳥獣草木、則験之方志、風謡歌舞、各附其俗、魁梧長者、莫非其旧。

山川や城邑を描く時は、地図を参考にし、鳥獣や草木を描く時は、地方誌で確かめ、民謡や歌舞を描く時は、その土地の風俗に合ったものにし、偉大な英雄について描く時は、その人の行った事柄を「ありのまま」に描いたと創作態度を表明している。すなわち左思は『詩経』と同様の政治的・道徳的効用を備えるためには事実を「ありのまま」に表現しなくてはならないとしているのである。また時代は下って盛唐の李白の「大猟の賦の序」にも次のようにある。

　白以為へらく賦は古詩の流なり。辞は壮麗なるを欲し、義は博遠なるに帰す。然らずんば、何を以て賛を光《かがや》かせ美を盛んにし、天を感ぜしめ神を動かしめん。而《しか》るに相如、子雲競ひて辞賦を誇り、歴代以て文雄と為し、敢へて詆訐する莫し。臣謂ひて其の略を語れば、窃かに或ひは其の用心に褊《せま》し。

　白以為賦者、古詩之流。辞欲壮麗、義帰博遠。不然、何以光賛盛美、感天動神。而相如、子雲競誇辞賦、歴代以為文雄、莫敢詆訐。臣謂語其略、窃或褊其用心。

李白は冒頭で「両都の賦の序」を引用して「賦は古詩の流」だと述べ、天子の徳を称え（光賛盛美）、天地をも感動させる（感天動神）には、表現が壮大でかつ内容も深くなくてはならないと言う。だが李白によると司馬相如や揚雄らの賦は意の用い方が狭く、賦の本来の意義からかけ離れていると言う。

　子虚の言ふ所は、楚国は千里に過ぎずして、夢澤は其の大半を居《し》むるも、斉は徒《いたづ》らに呑むこと八九の若し。三農及び禽獣息肩無きの地なれば、諸侯淫を禁じ職を述ぶるの義に非ざるなり。上林に云ふ「左は蒼梧、右は西極」と。其の実地を考ふれば、周袤は纔《わずか》に数百を経るのみ。長楊は胡に誇りて網を設け周阹を為り、麋鹿を其中に放ち、搏攫を以て楽に充つ。羽猟は霊台の囿に於いて、圍経すること百里にして、殿門を開く。当時は以て壮を極め麗を極むと為すも、今に迨《およ》びて之を観れば、齟齬の甚だしきなり。

　子虚所言、楚国不過千里、夢澤居其大半、而斉徒呑若八九。三農及禽獣無息肩之地、非諸侯禁淫述職之義也。上林云、左蒼梧、右西極。考其実地、周袤纔経数百。長楊誇胡設網為周阹、放麋鹿其中、以搏攫充楽。羽猟於霊台之囿、圍経百里、而開殿門。当時以為窮壮極麗、迨今観之、齟齬之甚也。

ここで李白は漢代の司馬相如らの賦の描写を一つ一つ列挙し、それらを誇張が多く現実を正しく描いていないと厳しく非難する。これに対して李白は自身の「大猟の賦」を書く際の創作態度を次のように表明している。

今聖朝の園池は遐荒《はるか》にして、六合を殫窮《きわ》め、以て孟冬十月に大いに秦に猟し、亦た将に威を曜《かがや》かし武を講じ、天を掃ひ野を蕩かさんとす。豈に淫荒侈靡にして、三驅の意を非とするや。臣白 頌を作り、厥の美を折中《ただ》さん。

今聖朝園池遐荒、殫窮六合、以孟冬十月大猟於秦、亦将曜威講武、掃天蕩野。豈淫荒侈靡、非三驅之意耶。臣白作頌、折中厥美。

今の天子の狩り場はこの上なく壮大で、十月に秦で盛大な猟を催す際も、天子はその武徳を天にとどろかすだろう。だが天子の狩りは決して奢侈ではなく、「三驅の意」（禽獣を捕りすぎないように囲みの前面だけ空けておくという礼法[11]）にも適っていると天子の徳を褒め称える。すなわち李白はここで「大猟の賦」を書くことで『詩経』と同じように天子の徳を称え（光賛盛美）ようとしているのである。李白は正しく天子の徳を形容することが賦の第一義と考えているからこそ、いたずらに言葉を飾り立てただけの、現実を正しく描いていない漢代の賦を強く否定するのである。

＊

以上のように『詩経』の政治的・道徳的効用をいかに継承しているのかを論じた賦論が、漢代から唐代にかけて多くあらわされた。特に漢代にこのような賦論が目立つ。翻ってみると、漢代は、賦が最も盛んに制作された時期であり、いわゆる賦の発展期であった。恐らく漢代の文人たちは、賦が発展していくにつれて『詩経』の精神が失われていくことを強く危惧していたのだろう。だからこそ彼らは『詩経』の精神へ回帰して賦を制作すべきだと主張し、賦の政治的・道徳的効用をことさらに重視していたのである。

例えば前漢の揚雄や宣帝は、『詩経』と同等の政治的・道徳的効用を備えた「詩人の賦」や「辞賦の大いなるもの」が存在することを特に強調し、当時の新興文学であった賦が『詩経』の伝統をしっかり踏襲していることを証明しようとしていた。それに対して、西晋の左思や唐代の李白は、漢代の賦は華麗さばかりを競い合い『詩経』の精神がすでに失われていると見なした。そこで彼らは賦を書く際に現実を「ありのまま」に描くことを提唱し、『詩経』に備わっていた政治的・道徳的効用を取り戻さなくてはならないと主張していたのである。

②『詩経』からの発展を論じたもの

漢代から唐代にかけて『詩経』の政治的・道徳的効用を重視した賦論が多くあらわされたが、もう一方で、修辞の華麗さや題材の豊富さにおいて賦が『詩経』より発展していると指摘する賦論も見いだせる。次にあげる東晋・葛洪『抱朴子』鈞世篇と梁・蕭統「文選の序」は、『詩経』にはない賦独自の特徴を強調している。まず葛洪『抱朴子』鈞世篇を見てみよう。

毛詩は華彩の辞なり。然れども「上林」「羽猟」「二京」「三都」の汪濊博富なるに及ばず。……若し夫れ倶に宮室を論ずるも、而れども奚斯の「路寝」の頌は、何ぞ王生の「霊光」を賦するに如《し》かんや。同に遂猟を説くも、而れども「叔畋」「盧鈴」の詩は、何ぞ相如の「上林」を言ふに如《し》かんや。并せて祭祀を美《ほ》むるも、而れども「清廟」「雲漢」の辞は、何ぞ郭氏の「南郊」の艶なるに如《し》かんや。等しく征伐を称するも、而れども「出車」「六月」の作は、何ぞ陳琳の「武軍」の壮なるに如《し》かんや。

毛詩者、華彩之辞也。然不及上林、羽猟、二京、三都之汪濊博富。……若夫倶論宮室、而奚斯路寝之頌、何如王生之賦霊光乎。同説遂猟、而叔畋、盧鈴之詩、何如相如之言上林乎。并美祭祀、而清廟、雲漢之辞、何如郭氏南郊之艶乎。等称征伐、而出車、六月之作、何如陳琳武軍之壮乎。

葛洪は、後漢の王延寿の「魯霊光殿賦」、前漢の司馬相如の「上林賦」、晋の郭璞の「南郊賦」、魏の陳琳の「武軍賦」は、「つややかさ（艶）」や「壮大さ（壮）」において『詩経』よりも優れていると指摘し、古のものばかりを貴び、新しいものを卑しむ考えは間違っていると主張する。ここでは漢代から魏晋時代にかけて作られた賦が、いかに『詩経』よりも華麗で壮大かということに議論が終始しており、『詩経』と賦の継承関係については全く言及されていない。

　これに対して蕭統は「文選の序」において、賦というジャンルの名前の由来は『詩経』の「六義」の「賦」であると認めつつ、現在の文章家が作る賦は「六義」の「賦」と本質的に異なるものであると指摘する。蕭統によれば、実質的な賦の創始者は荀子と宋玉であり、漢代になると彼らの賦を継承した賈誼や司馬相如が、多様な題材の賦を制作するようになったと言う。

嘗試《こころみ》に之を論じて曰はく、詩の序に云ふ、「詩に六義有り。一に曰く風、二に曰く賦、三に曰く比、四に曰く興、五に曰く雅、六に曰く頌」と。今の作者に至りては、古昔《いにしえ》に異なれり。古詩の体、今は則ち全く賦の名に取る。荀宋は之を前に表し、賈馬は之を末に継ぎたり。茲《これ》自り以降、源流 実《まこと》に繁し。邑居を述ぶるに則ち「憑虚」「亡是」の作有り。畋遊を戒むるに則ち「長楊」「羽猟」の制有り。若し其れ一事を紀し、一物を詠じ、風雲 草木の興、魚蟲 禽獣の流、推して之を広むれば、勝《あ》げて載す可からず。

嘗試論之曰、詩序云、詩有六義焉。一曰風、二曰賦、三曰比、四曰興、五曰雅、六曰頌。至於今之作者、異乎古昔。古詩之体、今則全取賦名。荀宋表之於前、賈馬継之於末。自茲以降、源流実繁。述邑居則有憑虚、亡是之作。戒畋遊則有長楊羽猟之制。若其紀一事、詠一物、風雲草木之興、魚蟲禽獣之流、推而広之、不可勝載矣。

今の文章家が作る賦は、「六義」の「賦」の名前のみを継承しているだけで、実質的には荀卿や宋玉によって創始されたものであり、賈誼や司馬相如に受け継がれた後、発展してさまざまな題材の作品が作られるようになったと言う。

ここで注意したいのは、蕭統は、「六義」の「賦」とジャンルの賦に一線を画して、ジャンルの賦の創始者は荀卿と宋玉だと明言している点である。以上のような蕭統の賦の捉え方は、「六義」の「賦」とジャンルの賦の強い結びつきを指摘し、『詩経』と賦の直接的な継承関係を強調する左思らの賦観とは明らかに異なる。蕭統は『詩経』と賦とはあくまで別のものであることを前提にして賦の歴史を論述しているのである。

＊

次にあげる劉勰『文心雕龍』詮賦篇は、賦は『詩経』と根を同じくすると指摘しつつ、『詩経』と賦の違いも強調している[二三]。すなわち揚雄、班固、左思と同じように『詩経』と賦の継承関係を重視しながらも、葛洪や蕭統のように賦の独自性にも注目しているのである。

詩に六義有り、其の二に賦と曰ふ。賦とは鋪《ほ》なり。采を鋪《し》き文を摛《の》べ、物を体し志を写すなり。昔邵公「公卿は詩を献じ、師は箴《しん》し瞍は賦《ふ》す」と称す。伝に云ふ、「高きに登って能く賦せば、大夫為る可し」と。詩の序は則ち義を同じくし、伝の説は則ち体を異にするも、其の帰塗を總《す》ぶれば、実は相ひ枝幹たり。劉向は「歌はずして頌す」と云ひ、班固は「古詩の流なり」と称すなり。

詩有六義、其二曰賦。賦者、鋪也、鋪采摛文、体物写志也。昔邵公称公卿献詩、師箴瞍賦。伝云、登高能賦、可為大夫。詩序則同義、伝説則異体、總其帰塗、実相枝幹。劉向云不歌而頌、班固称古詩之流也。

まず劉勰は、賦と『詩経』の関係について従来二つの捉え方があったことを述べる。一つは、「賦」を『詩経』の表現方法と見なす（同義）考えである。その代表として劉勰があげているのが、「毛詩大序」の「詩に六義有り、其の二に曰はく賦（詩有六義、其二曰賦）」という言説である。「毛詩大序」で述べられる「六義」の「賦」は、『詩経』の表現方法であり、本来はジャンルの賦とは別のものである。だが歴代の賦論家たちは、この「毛詩大序」の言説を基にジャンルの賦の由来を「六義」の「賦」に求め、『詩経』と賦の密接な継承関係を強調したのである。

これに対してもう一つの考えは、『詩経』と賦とは全く別のもの（異体）と見なす考えである。例えば『国語』周語には「邵公　卿は詩を献じ、師は箴《しん》し瞍は賦《ふ》すと称す（邵公称公卿献詩、師箴瞍賦）」というように、「詩」「箴」「賦」がそれぞれ別のジャンルのものとして列挙されている。また『詩経』鄘風・定之方中の毛伝にも「亀」「命」「銘」「命」「賦」「誓」「説」「誄」「語」という九つの異なるジャンルの一つとして賦が列挙されている[一四]。

この二つの考えに対して、劉勰は『詩経』と賦の関係を、樹木における「枝」と「幹」のような関係であると捉える。この劉勰の捉え方は、『詩経』と賦を別のものとする考え方とはもちろんのこと、『詩経』そのもの（『詩経』の表現方法）と見なす考え方とも異なると言える。なぜならば「幹」と「枝」は根を同じくはするが、両者は決して同じものでないからである。『詩経』を「幹」と見立て、賦のジャンルを「枝」と見立てたところに、『詩経』を継承しつつ、そこから発展した賦の意義を重視している態度があらわれている。続いて、『詩経』よりいかに発展しているのかという点に着目して賦の歴史を述べている次の部分を見てみたい。

鄭荘の「大隧」を賦し、士蔿の「狐裘」を賦するが如きに至りては、言を短韻に結び、詞は自己《みずか》ら作《な》り、賦の体に合すると雖も、明らかにして未だ融ならず。霊均の騒を唱ふるに及んで、始めて声貌を広む。然らば則ち賦なる者は、命を詩人に受け、宇を楚辞に拓《ひら》きしなり。是に於いて荀況の「礼」「智」、宋玉の「風」「釣」、爰《ここ》に名号を錫《たま》ひ、詩と境を画し、六義の附庸、蔚として大国を成す。客主を述べて以て引を首《はじ》め、声貌を極めて以て文を窮む。斯れ蓋し詩に別《わか》つの原始にして、賦と命づくるの厥《そ》の初なり。

至如鄭荘之賦大隧、士蔿之賦狐裘、結言短韻、詞自己作、雖合賦体、明而未融。及霊均唱騒、始広声貌。然則賦也者、受命於詩人、拓宇於楚辞也。於是荀況礼智、宋玉風釣、爰錫名号、与詩画境、六義附庸、蔚成大国。述客主以首引、極声貌以窮文。斯蓋別詩之原始、命賦之厥初也。

以上のように劉勰は、『詩経』と賦の継承関係にも注目しつつ、『詩経』から発展した賦独自の特徴も強調している。劉勰は、主人と客人が問答するという形式を取り、声律面の工夫をして華麗な修辞をこらすことを賦独自の特徴と見なし、これらの特徴がない作品は賦とは呼べないと考えていたのである。

短い韻文で構成され（結言短韻）、歌詞に技巧を用いていない（詞自己作）「大隧の賦」や「狐裘の賦」は、まだ賦と呼ぶに十分ではない。声律や詞采に多くの工夫を凝らした（始広声貌）屈原の「離騒」によって賦の基礎は築かれ、荀況の「礼の賦」「智の賦」や宋玉の「風の賦」「釣の賦」が作られるに至って、『詩経』から独立した賦のジャンルが確立した。このように劉勰は述べる。

（四）おわりに

以上検討したように『詩経』と賦の関係について論じた賦論は、いずれも賦の源を『詩経』だと捉えていたが、大きく分けるとその中には次の二つの論調の違いがあった。一つはいかに『詩経』を継承しているのかという面に重点を置いて論じたものであり、もう一つはいかに『詩経』より発展しているのかという面に重点を置いて論じたものである。

まず前者について見てみると、漢代の揚雄、班固、宣帝、東晋の陶淵明は、『詩経』と同様の政治的・道徳的効用を備えているかどうかという点から賦を論じていた。また西晋の左思と唐代の李白は政治的・道徳的効用を備えるにはいかに表現すべきかを論じていた。彼らは、一方で賦の華麗な表現面も重視しているが、華麗なだけで『詩経』と同様の政治的・道徳的効用を備えていない作品は全く価値のないものと見なしていた。このような『詩経』の継承に重点を置いた賦論は、特に漢代と晋代に多くあらわされている。翻ってみると漢代や晋代は、賦の実作の面から言えば多様な作品が作られた賦の発展期であった。恐らく当時の文人たちは、賦が発展するにつれて『詩経』の精神が失われることを危惧し、『詩経』への回帰を声高に主張したのであろう。

次に後者について見てみると、東晋の葛洪や梁の蕭統は『詩経』にはない賦独自の華麗さや題材の豊富さを特に強調していた。また劉勰は、『詩経』の継承にも十分注意を払いつつ、賦はそこから発展したものであることを説いていた。「文選の序」や『文心雕龍』が著された六朝時代の末は、だんだんと賦のスケールが小さくなり、詩と類似した作品が作られるようになった時期である。(一五) 蕭統や劉勰は、賦と詩の差違がなくなっていく中で改めて『詩経』と賦の違いを強調し、賦独自の意義を明らかにしようとしていたのだろうと言える。

さて冒頭で述べたように白居易の「賦の賦」は、「賦者古詩之流」という限韻に基づいて賦を論じている。それでは白居易は前代の賦論をいかにふまえて勅撰の賦作品を批評しているのだろうか。「賦の賦」は、まず第一に勅撰の賦作品には『詩経』と同様の政治的・道徳的効用があるとして評価している。そして第二に修辞面においては『詩経』や『楚辞』をも越えると賞讃している。本節で確認したように漢代から唐代に至る賦論の中には、『詩経』の発展という面に着目したものもあった。しかしそれらはいずれも『詩経』と賦の違いを明らかにすることに重点があり、『詩経』を越えるとまで明言したものはなかった。すなわち「『詩経』を越える」との発言は「賦の賦」の独自のものだと言える。この問題については、次の節で論じたい。

注

（一）『白氏文集』（紹興本）巻三十八所収。

（二）葉幼明『辞賦通論』（湖南教育出版社　一九九一）〔一〇七頁〕によれば、『全唐文』（陸心源『唐文拾遺』『唐文続遺』を含む）に収められている賦作品は全部で一六二二篇で、その中の九五〇篇が律賦であると言う。（彭紅衛著『唐代律賦考』社会科学文献出版社　二〇〇九〔六頁〕参照）

（三）花房英樹『白氏文集の批判的研究』（彙文堂　一九六〇）の巻末に付されている。

（四）花房氏は、「賦の賦」を長慶三年〔白居易五十二歳〕以前に制作されたものと判断するのみで、はっきりとした制作時期については言及していない。

（五）岡村繁「白居易の賦」（『白居易研究講座』巻二　一九九四所収）〔二九〇頁〕参照。

（六）それぞれの段落の押韻を『広韻』で示すと次のようになる。【第一段】「者」の韻：（上声、馬韻）【第二段】「詩」の韻：（上平声、支韻、之韻、脂韻〔支韻・之韻・脂韻は同用〕）【第三段】「賦」の韻：（去声、暮韻、遇韻〔暮韻、遇韻は同用〕）【第四段】「之」の韻：（上平声、之韻、脂韻〔之韻・脂韻は同用〕）【第五段】「古」の韻：（上声、麌韻、姥韻）【第六段】「流」の韻：（下平声、尤韻）岡村繁訳『白氏文集』（四）（新釈漢文大系・明治書院　一九九〇）〔五五二頁〕参照。

（七）漢代から民国時代に至る賦論を集め、注釈を加えたものに陳良運主編『中国歴代　賦学曲学論著選』（百花洲文芸出版社　二〇〇二）がある。本節ではそれぞれの賦論を検討する際に主にこの書を参照した。

（八）『文選』巻一。

（九）漢代や西晋では、儒家の詩教の考えに基づいて、諷刺や教化という観点から賦が論じられる場合が多かった。このことについては林田慎之助「両漢魏晋の辞賦論に流れる文学思想―左思、摯虞の場合」（『中国中世文学評論史』創文社　一九七九所収）と古川末喜「賦をめぐる漢代の文学論」（『初唐の文学思想と韻律論』知泉書館　二〇〇三所収）が詳細に論じている。

（一〇）『文選』巻四。

（一一）『詩経』の「六義」は元来は『詩経』の表現技法である。例えば鄭玄は『周礼』春官宗伯・大師の注において「六詩（六義）」の「賦」を「賦の言は鋪なり。直《ただ》ちに今の政教善悪を鋪陳するなり（賦之言鋪。直鋪陳今之政教善悪）」と説明している。したがって文体の賦の由来を「六義」の「賦」と見なす左思の考えはこじつけに近い。左思は賦の地位を高めるために敢えて賦の由来を「六義」の「賦」としているのだろう。

（一二）「三驅の意」：狩猟の際、囲みの前面だけを開いて、過度の殺戮を避ける天子の礼法。『周易』比卦には「王は三驅を用ひ前禽を失ふ（王用三驅失前禽）」とある。また『礼記』王制篇にも「天子は囲みを合わさず（天子不合囲）」とある。さらに『史記』殷本紀には、実際に殷の湯王が三面の網を用いて猟を行った逸話が載っている。本田済『易』（朝日出版社　中国古典選一）（一一〇頁）参照。

（一三）『文心雕龍』では「詮賦」篇以外の篇でも多く賦を論じている。例えば、「通変」篇では、宋代の鄙俗な文学を師と仰いでいる当時の作家たちを批判し、儒家の経典を模範とすべきだと主張している。また「情采」篇では、「表現の見映えばかりを考えて思想内容を無理にこしらえた（為文造情）」作品を否定し、「思想内容を伝えるために修辞を用いるべき（為情造文）」との考えをあらわしている。さらに「夸飾」篇では、過度な修辞をこらし、真実を描いていないとし、漢賦を強く批判している。すなわち劉勰は、『詩経』の精神の継承を第一に重視した上で、賦独自の修辞に注意を払っているのである。

なお劉勰の（主に賦に対する）修辞観を考察したものに、中島隆博氏の『残響の中国哲学』第五章「文学言語としての隠喩―劉勰『文心雕龍』」（東京大学出版社二〇〇七）がある。

（一四）『詩経』鄘風・定之方中篇の毛伝には賦が「九者」の文体の一つとして挙げられている。

国を建つるには必ず之を卜すが故に邦は能く亀に命じ、田《かり》するには能く命を施き、器を作りては能く銘し、使しては能く命を造し、高きに升りては能く賦し、師旅には能く誓ひ、山川には能く説き、喪紀には能く誄し、祭祀には能く語る。君子　此の九者を能くせば、徳音有りと謂ふ可く、以て大夫為る可し。

建国必卜之、故邦能命亀、田能施命、作器能銘、使能造命、升高能賦、師旅能誓、山川能説、喪紀能誄、祭祀能語、君子能此九者、可謂有徳音、可以為大夫。

（一五）例えば前野直彬編『中国文学史』（東京大学出版社　一九九八）〔六一頁〕には、六朝末期の賦について次のような説明がされている。

末期になって起こった新たな現象は、賦と称するものの、ほとんど詩の体をなすものの出現である。庾信の「春賦」などは、冒頭と結びの部分が七言歌行の形になっている。「哀江南賦」にもその傾向が見えるが、これは賦が詩の影響を受けて、詩賦の融合が行われた、と見ることができようし、賦の爛熟の末の一種の崩壊現象と見ることもできよう。

前野氏がここで挙げる庾信は陳代後期の詩人であるから、「詩賦の融合」は六朝が崩壊する寸前に起こった現象と見るべきであろう。ただし梁代の江淹も詠物詩に極めて近い詠物賦を多く作っており、蕭統と劉勰が『文選』や『文心雕龍』を編纂した当時には、もうすでに「詩賦の融合」のきざしがあったと言えよう。

第二節　「賦の賦」で述べられる賦観について

（一）はじめに

前節では、「賦の賦」の限韻「賦者古詩之流」を理解するために『詩経』と賦の関係について論じた賦論を確認し、次の二つの論調のものがあることが明らかになった。一つは、いかに『詩経』を継承しているかを中心に論じたものであり、もう一つは、いかに『詩経』より発展しているかを中心に論じたものである。

この二つの論調の違いは何によるのかと言うと、各時代の文人たちは、時代の状況に応じて『詩経』の継承に重きを置いたり、発展に注目したりして賦を論じていたのである。すなわち賦の発展期であった漢代や西晋時代では、『詩経』の精神が失われていくことを危惧し、伝統の継承や回帰を声高に主張したのに対して、賦のスケールが小さくなり、詩に類似した賦が作られた六朝の末期では、賦には華麗な表現や主客問答という独特の形式があることを強調し、素朴な『詩経』との違いを明らかにしようとしたのである。

それでは白居易の「賦の賦」は、以上のような前代の賦論を下敷きにして、勅撰の律賦作品をいかに批評しているのだろうか。また唐代になって新たに生まれた律賦の意義についていかに述べているのだろうか。「賦の賦」は「賦者古詩之流」という限韻に基づいて書かれている。従って『詩経』の思想内容をいかに継承しているか、『詩経』に比べていかに華麗かという点に着目して賦を批評している。ただし「賦の賦」はそれだけに止まらず、勅撰の律賦作品を『詩経』や『楚辞』をも越えると賞讃しており、ここに伝統を越える新たな文学としての律賦の意義を高らかに掲げようとする態度が見て取れる。本節ではこれらのことについて検討したい。[一]

（二）「賦の賦」の分析

①賦の淵源と勅撰の賦作品（伝統からの発展と継承）

はじめに「賦の賦」の第一段と第二段を見ていきたい。第一段では賦の淵源について、そして第二段では天子の命によって律賦の作品集が作られた経緯について述べられている。

賦は古詩の流なり。始めて荀宋に草創し、漸く賈馬に恢張す。冰は水より生じて、初めて本を典墳より変じ、青は藍より出でて、復た華を風雅より増す。而《しか》る後に四声に諧《かな》ひ、八病を祛《しりぞ》け、信に斯文の美なる者なり。

賦者古詩之流也。始草創於荀宋、漸恢張於賈馬。冰生乎水、初変本於典墳、青出於藍、復増華於風雅。而後諧四声、祛八病、信斯文之美者。（「賦の賦」第一段）

『詩経』を源とする賦は、荀子と宋玉によってはじめて確乎としたジャンルになり、賈誼と司馬相如によって発展したと言う。また「藍」から「青」が生まれ「水」から「氷」が生まれたように、素朴な『詩経』（風雅）や『書経』（典墳）は華麗な賦に発展していったと言う。このような理解の仕方は、文学の変化発展を「太古の飾りのない質素な車（椎輪）」と「玉で飾った美しい車（大輅）」、「水（積水）」と「氷（増冰）」の比喩を用いて捉えていた「文選の序」[二]

や、『詩経』と賦の関係を「幹」と「枝」と捉えていた『文心雕龍』詮賦篇と軌を一にする。さらに賦の創始者を荀子・宋玉と見なし、それを発展させたのは賈誼・司馬相如であると見なしている点も同じである。[三]

以上のように第一段では、『詩経』の発展という点に注目して賦を論じている。これに対して、第二段では『詩経』の継承という点に注目して賦を論じている。

我が国家、文道寖《ようや》く衰へ、頌声 凌遅するを恐れ、乃ち多士を挙げ、有司に命じ、遺風を三代に酌み、変雅を一時に明らかにす。全く其の名を取れば、則ち之を号して賦と為すも、雑へて其の体を用ふれば、亦た詩より出でず。四始 尽く在り、六義 遺す無し。是れ藝文の儆策、述作の元龜と謂ふ。

我国家、恐文道寖衰、頌声凌遅、乃挙多士、命有司、酌遺風於三代、明変雅於一時。全取其名、則号之為賦、雑用其体、亦不出乎詩。四始尽在、六義無遺。是謂藝文之儆策、述作之元龜。(「賦の賦」第二段)

文化が次第に衰え、太平を称える歌声が消えていくことを恐れた我が天子は、官吏たちに命じて三代(夏・殷・周)の遺風を継承した賦作品を作らせたのだと言う。そして白居易はこうしてできた勅撰の賦作品を「全く其の名を取れば、則ち之を号して賦と為すも、雑へて其の体を用ふれば、亦た詩より出でず。四始 尽く在り、六義 遺す無し」とこの上なく高く評価している。ここで白居易は勅撰の賦作品を『詩経』の「四始」や「六義」とからめて評論しているが、前節で確認したように「六義」の「賦」と文体の賦の関係について言及した唐代以前の賦論には、左思の「三都の賦の序」や蕭統の「文選の序」などがあった。例えば「三都の賦の序」には次のようにある。

蓋し詩に六義有り。其の二を「賦」と曰ふ。楊雄《ママ》曰はく、「詩人の賦は、麗にして以て則あり」と。班固曰く、「賦は古詩の流なり」と。

蓋詩有六義焉。其二曰賦。楊雄《ママ》曰、詩人之賦、麗以則。班固曰、賦者古詩之流也。

左思は文体の賦は「六義」の「賦」に由来していることを指摘している。ただし「六義」の「賦」は、元来『詩経』の表現方法のことであり、鄭玄は「六詩（六義）」の「賦」を「賦の言は鋪なり。直ちに今の政教善悪を鋪陳するなり（賦之言鋪。直鋪陳今之政教善悪）[四]」と解釈している。これに対して「文選の序」には次のようにある。

詩の序に云ふ、「詩に六義有り。一に曰く風、二に曰く賦、三に曰く比、四に曰く興、五に曰く雅、六に曰く頌」と。今の作者に至りては、古昔《いにしえ》に異なれり。古詩の体、今は則ち全く賦の名に取る。

詩序云、詩有六義焉。一曰風、二曰賦、三曰比、四曰興、五曰雅、六曰頌。至於今之作者、異乎古昔。古詩之体、今則全取賦名。

蕭統は「六義」の「賦」と文体の賦は、名前のみの継承関係であり、それぞれは別のものだと指摘している。

これらに対して「賦の賦」では、勅撰の賦作品を「六義」の「賦」という名前だけではなく、「直ちに今の政教善悪を鋪陳する（賦）」という「体《スタイル》」をも踏襲しており（雑用其体）、さらには「四始」や「六義」の要素をあますところなく備えている（四始尽在、六義無遺）と評価している。

以上のように「賦の賦」は第一段で賦の淵源を説明する際は、素朴な『詩経』よりいかに華麗であるかという点に目を向けているが、第二段で勅撰の賦作品を批評する時には、いかに『詩経』の「体《スタイル》」を継承しているのかを論じ、勅撰の賦作品が正統な文学であることを強調している。これらは前代に書かれた賦論をふまえて述べられたものであることは明らかだが、発展と継承のどちらか一方の論調のみに傾くことなく、両面から賦を論じている。

②漢魏晋南北朝時代の名作を凌ぐ美しさ（勅撰の賦作品に対する評価①）

続いて第三、四段を検討したい。ここでは勅撰の賦作品集がいかに華麗かが述べられ、漢魏晋南北朝時代の名作を凌ぐと賞讃されている。

観るに夫れ、義類 錯綜し、詞采 舒《の》べ布《し》く、文は宮律に諧《かな》ひ、言は章句に中《あた》る。華にして艶ならず、美にして度有り。雅音瀏亮、必ず先づ物を体して以て章を成す。逸思飄颻、独り高きに登りて能く賦すのみならず。其れ工なること、筆精を究め、指趣を窮め、何ぞ両京を班固に慚じんや。

観夫、義類錯綜、詞采舒布。文諧宮律、言中章句。華而不艶、美而有度。雅音瀏亮、必先体物以成章、逸思飄颻、不独登高而能賦。其工、究筆精、窮指趣、何慚両京於班固。（「賦の賦」第三段）

「義類 錯綜し、詞采 舒《の》べ布《し》く（義類錯綜、詞采舒布）」とは、さまざまな比喩（義類）を交え（錯綜）、華麗な言葉（詞采）を鋪《し》き陳ねる（舒布）ように用いており、さながら「六義」の「賦」と同じ描き方がなされていると言うことである。次の「文は宮律に諧ひ、言は章句に中《あた》る」も勅撰の賦作品の表現面に対する評語であり、文章が音律（宮律）と調和し、語句も一章一句（章句）にしっくり適合しているということである。[五]「華にして艶ならず、美にして度有り（華而不艶、美而有度）」とは、「華麗（華）」だが、「艶っぽく（艶）」なっておらず、また「美しい（美）」が「節度（度）」があるということであり、これは、適度な修辞が用いられ、六朝の宮体詩のような淫靡さはないということであろう。

「雅音瀏亮、必ず先づ物を体して以て章を成し（雅音瀏亮、必先体物以成章）」「逸思 飄颻、独り高きに登りて能く賦すのみならず（逸思飄颻、不独登高而能賦）」という評語には、それぞれ典故がある。まず「瀏亮」「物を体す（体物）」は、陸機「文の賦」（『文選』巻十七）の「賦は物を体して瀏亮なり（賦者体物而瀏亮）」を典故とする。「物を体す（体物）」とはありありと対象物を描き出すこと。また「瀏亮」とは声律の美しさ、清らかさを指す。これらも表現面の評語であることは間違いない。

また「独り高きに登りて能く賦すのみならず（不独登高而能賦）」は『漢書』藝文志・詩賦略に次のようにある。

伝に曰はく「歌はずして誦ず、之を賦と謂ふ。高きに登りて能く賦せば以て大夫為るべし」と。言ふこころは、物に感じて端を造り、材知深く美なれば、与《とも》に事を図るべし。故に以て為に大夫に列するべきなり。

　伝曰不歌而誦謂之賦、登高能賦可以為大夫。言感物造端、材知深美、可与図事、故可以為列大夫也。

ここで班固は『詩経』鄘風・定之方中の毛伝に見える「高い丘に登って賦を作る（登高能賦）」という言葉を、高い丘から見える景色に心を動かされ（感物）、それをきっかけ（造端）に賦を作ることだと解釈し、感興に基づく賦の制作過程について述べたものと理解している。「賦の賦」はこの班固の理解をふまえて、勅撰の賦作品を奇抜ですばらしい発想（逸思）をはるか遠くまで馳せ（飄颻）、ただ高い丘に登って賦を作っただけではない（不独登高而能賦）と評価する。すなわち白居易は勅撰の賦作品を、ひとたびの感興によって作られているだけではなく、思いを言葉に表現する際の発想も抜きんでていると評価しているのである。

「奇抜ですばらしい発想をはるか遠くまで馳せる（逸思飄颻）」という評語は、作品の構想を練る際に精神を集中させ、心を遠くに馳せることによって秀作が生まれるとする中国の伝統的な創作論をふまえたものと理解できよう。例えば陸機「文の賦」には「魂は世界の果てまで馳せめぐり、心は万仞の彼方に遊ぶ（精騖八極、心遊万仞）」とあり、劉勰『文心雕龍』神思篇にも「静かに思慮を集中すれば、思考は千年の遠い過去にも及び、また静かに肉体を動かせば、観察は万里の先にも通じる（寂然凝慮、思接千載、悄焉動容、視通万里）」[六]とある。

第三段落の末尾では以上のような華麗な勅撰の賦作品に対して、「其れ工なること、筆精を究め、指趣を窮め、何ぞ両京を班固に慚じんや」と述べられる。すなわち賦作品の巧みさ（其工）は、入神の域に入っており（究筆精）、含意もこの上なく深く（窮指趣）、班固の名作「両都の賦」に対してさえ全く見劣りしない（何慚両京於班固）ということである。

＊

続く第四段においても勅撰の賦作品の表現面の華麗さが次のように説明されている。

其れ妙なる者は、秘思を抽き、妍詞を騁せ、豈に三都を左思に謝せんや。黄絹の麗藻を掩ひ、白鳳の奇姿を吐く。金声を寰海に振ひ、紙價を京師に増す。則ち、長楊、羽獵の徒、胡ぞ比と為さんや。景福、霊光の作、未だ之を多とするに足らず。

其妙者、抽秘思、騁妍詞、豈謝三都於左思。掩黄絹之麗藻、吐白鳳之奇姿。振金声於寰海、増紙價於京師。則、長楊、羽獵之徒、胡為比也、景福、霊光之作、未足多之。（「賦の賦」第四段）

冒頭の「秘思を抽き、妍詞を騁せ、豈に三都を左思に謝せんや」は謝恵連の「雪の賦の序」（『文選』巻十三）を典故とする。

俄《にわか》にして微霰零《お》ち、密雪下る。王迺《すなわ》ち北風を衞詩に歌ひ、南山を周雅に詠ず。簡を司馬大夫に授けて曰はく、「子の秘思を抽き、子の妍詞を騁せ、色を侔《ひと》しくし称を揣《はか》り、寡人の為に之を賦せよ」と。

俄而微霰零、密雪下。王迺歌北風於衞詩、詠南山於周雅。授簡於司馬大夫曰、抽子秘思、騁子妍辞、侔色揣称、為寡人賦之。

ここで梁王は司馬相如に向かって雪を主題とした賦を作るように命じている。従って梁王が述べる「秘思」とは、雪を表現する際の「すぐれた（秘）」「構想（思）」であり、「妍詞」とはその構想を具体的に作品化する際の「美しい（妍）」「言葉（詞）」だと理解できる。すなわち「秘思」も「妍詞」も、描くべき内容をどうあらわすのかという表現技巧について述べたものなのである。そして「賦の賦」では、この「雪の賦の序」の表現をふまえて「すぐれた（秘）」

「構想（思）」を「引き出し（騁）」、「美しい（妍）」「言葉（詞）」を「駆使（騁）」した勅撰の賦作品を、左思の「三都の賦」にも劣らないと評価しているのである。

続く「黄絹の麗藻を掩ひ、白鳳の奇姿を吐く」も華麗な修辞を褒め称えた評語である。まず「黄絹」は『世説新語』捷悟篇を典故とする。『世説新語』捷悟篇には、曹娥の碑文の背に描かれた「黄絹、幼婦、外孫、齏臼」という八字の隠語の意味を曹操と部下の楊修が競って当てる逸話が載っている。八字の隠語の意味が「絶妙好辞（この上なくすばらしい文辞）」であることにまず楊修が気づき、馬を三十里ほど走らせたところで曹操もようやく理解する。(七)この逸話が基となって後世「黄絹」が「華麗な詩文」をあらわすようになる。例えば、皇甫冉「洪澤館の壁にて故礼部尚書の題する詩を見ゆ（洪澤館壁見故礼部尚書題詩）」詩には次のようにある。

底事洪澤壁、空留黄絹詞　　底事《なにごと》ぞ洪澤の壁に、空しく黄絹の詞を留め

年年淮水上、行客不勝悲　　年年　淮水の上に、行客をば　悲しみに勝へざらしむるや

ここでは、洪澤湖（江蘇、安徽省に跨る湖。上流には淮水がある）のほとりに建つ旅館の壁に書かれた華麗な詩文（黄絹詞）は毎年毎年、旅人をこの上なく悲しい思いにさせる、と詠われている。

また「白鳳の奇姿を吐く（吐白鳳之奇姿）」は、『西京雑記』に見える揚雄の故事を典故としている。

揚雄　書を読みしとき、有る人　語りて云ふ、「無為にして自ら苦む。玄　故より伝へ難し」と。忽然として見へず。雄玄を著わせしとき、夢に白鳳凰を吐き上に集まり、頃之《しばらく》して滅す。

揚雄読書、有人語云、「無為自苦、玄故難伝」忽然不見。雄著玄、夢吐白鳳凰集上、頃之而滅。

揚雄は『太玄経』の執筆で頭を悩ませていた時、自身の口から白い鳳凰を吐き出すという不思議な夢を見る。揚雄が夢で吐いたという「白い鳳凰」とは、苦心の結果自然とわき出てきた、この世のものとは思えないほどのすばらしい

文章を比喩的にあらわしたものだと言えよう。してみると「黄絹の麗藻を掩ひ、白鳳の奇姿を吐く（掩黄絹之麗藻、吐白鳳之奇姿）」という評語は、華麗な句がちりばめられ（掩黄絹之麗藻）、苦心の結果生まれたこの世のものとは思えないほどにすばらしい（吐白鳳之奇姿）文章を称えたものだと理解できる。

第四段の末尾には、「長楊、羽獵の徒、胡ぞ比と為さんや。景福、霊光の作、未だ之を多とするに足らず（長楊、羽獵之徒、胡為比也、景福、霊光之作、未足多之）」とある。すなわち勅撰の賦作品のすばらしさは、揚雄の「長楊の賦」「羽猟の賦」と比べものにならない（未足多之）ほどであり、何晏の「景福殿の賦」、王逸の「魯の霊光殿の賦」でさえ肩を並べることができない（未足多之）ほどだということである。この評価のされ方は、第三段の末尾における「『両都の賦』に対してさえ全く見劣りしない（何慚両京於班固）」という評語より数段語調が高くなっている。

③『詩経』『楚辞』を越える美しさ（勅撰の賦作品に対する評価②）

第五段では、勅撰の賦作品を『詩経』『楚辞』をも越える秀作だと賞讃し、伝統を越える新しい文学としての律賦の意義を高らかに掲げようとする態度があらわれている。

所謂、立意を先と為し、能文を主と為す。炳たること繢素の如く、鏗たること鐘鼓の若し。郁郁たるかな、目に溢つるの黼黻、洋洋たるや、耳に盈つるの韶武。信に以て風騒を凌轢すべく、今古を超軼すべき者なり。

所謂、立意為先、能文為主。炳如繢素、鏗若鐘鼓。郁郁哉、溢目之黼黻、洋洋乎、盈耳之韶武。信可以凌轢風騒、超軼今古者也。（「賦の賦」第五段）

まず冒頭の「立意を先と為し、能文を主と為す」は、蕭統「文選の序」の次の表現を典故としている。

老荘の作、管孟の流、蓋し立意を以て宗と為し、能文を以て本と為さず。今の撰する所、又た以て諸《ここ》に略す。

老荘之作、管孟之流、蓋以立意為宗、不以能文為本、今之所撰、又以略諸。

『老子』や『荘子』、『管子』や『孟子』といった諸子の書は、意見を述べる（立意）ことに主眼が置かれ、言葉を飾り立てること（能文）には意を用いていないので『文選』には採録しないと蕭統は述べる。つまり蕭統によれば、ことばを飾り立てる（能文）ことが、文学の重要な条件だということである。そして「賦の賦」はこの「文選の序」の表現を承けて、意見を述べる（立意）ことを第一に考えた上で、言葉を飾り立てる（能文）ことに主眼を置いた勅撰の賦作品を称えているのである。

翻って考えると、この「立意を先と為し、能文を主と為す」という評語は、白居易が「賦の賦」において賦を論じる際の着眼点を端的にあらわしていると言える。具体的に言うと、第二段では、勅撰の賦作品が『詩経』の「六義」や「四始」の要素をあまねく備えていることを褒め称え、第六段でも、賦には天子の徳を飾り立てるはたらきがあり、『詩経』の「雅」や「頌」に匹敵すると指摘しており、『詩経』の精神に則った思想内容（立意）を第一に重視しているのである。先に第六段を確認しておきたい。

今吾が君、六藝を網羅し、九流を淘汰し、微才も忽《ゆるがせ》にする無し、片善も是れ求む。況んや賦は、雅の列、頌の儔にして、以て鴻業を潤色すべく、以て皇猷を発揮すべし。客に霊蛇の珠を握ると謂ふ者有り。豈に之を棄てて収めざるべけんや。

今吾君、網羅六藝、淘汰九流、微才無忽、片善是求。況賦者、雅之列、頌之儔、可以潤色鴻業、可以発揮皇猷。客有自謂握霊蛇之珠者。豈可棄之而不収。（「賦の賦」第六段）

賦は、『詩経』の「雅」や「頌」に匹敵するものであり、天子の大業を輝かし、りっぱな政策を充分に明らかにすることができるものであるからわが大君はそれを重んじておられると述べられている。

　これに対して、第一段で賦の淵源を述べる際は、「四声に適ひ」「八病を退け」るという『詩経』にはない賦の修辞面の特徴を指摘し、さらに第三、四段で賦の作品集を評価する際も、素朴な『詩経』とは異なる華麗さ（能文）に関する評語ばかりが並んでいた。

　このように「賦の賦」は、『詩経』の伝統に則った思想内容（立意）を第一に考えた上で『詩経』にはない賦独自の文辞の華麗さ（能文）に主眼を置いて勅撰の賦作品を評価しているのである。

ただしこのような考え方は中唐以前の賦論にも見出せるものである。例えば許結氏［八］によると「賦の賦」に見られる賦観は、『文心雕龍』詮賦篇の賦観と共通する点があると言う。

　白居易の「賦の賦」以前にあらわされた、初唐の学者の賦に対する批評は非常に手厳しかった。例えば王勃は「上吏部裴侍郎啓」の中で「屈宋は浅源を前に尋ね、枚馬は淫放を後に張る」とみなし、また令狐徳棻は『周書』王褒庾信伝論の中で庾信の賦を「其の体は淫放を以て本と為し、其の詞は軽険を以て宗と為す」と非難しており、これらはその後にあらわされた白居易の賦論とは大きく異なるものである。劉勰は「詮賦」篇で漢賦を論じる際、「社会的効用を尊ぶ（尚用）」考えと「文飾を貴ぶ（尚文）」考えとを結びつけようとしているが、こうした態度を前代の賦論の折衷だとすれば、白居易も同じように折衷的な考えを持っていたと言うことができ、声律と詞采を非常に重視する律賦に対して肯定的な評価をしているのである。

> 　在白居易《賦賦》創作之前、唐初学者対賦的批評尤為厳厲、如王勃《上吏部裴侍郎啓》以為『屈宋尋浅源於前、枚馬張淫放於後』、令狐徳棻在《周書・王褒庾信伝論》中評庾賦是『其体以淫放為本、其詞以軽険為宗』、与其後白氏之論是有很大差異的。如果説劉勰《詮賦》論漢賦試図綰合尚用与尚文、是対前人賦論

的折衷、則白氏亦持折衷之論而対頗重音声詞采的律賦作出肯定評論的。

「賦の賦」は『文心雕龍』詮賦篇の折衷的賦観（「社会的効用を尊ぶ（尚用）」考えと「文飾を貴ぶ（尚文）」考えを折衷する態度）を継承していると言う。本節で今まで検討してきた結果をふまえて考えると、許結氏の指摘は当を得ていると言える。

　さて、してみると「賦の賦」の独自的な見解があらわされている部分として注目すべきは、第五段落の末尾の「信《まこと》に以て風騒を凌轢すべく、今古を超軼すべき者なり」という評語であろう。これは第三段落の末尾における、「『両都の賦』に対してさえ全く見劣りしない」という評語や、第四段落の末尾における「漢魏の名作と比べものにならない」という評語より、格段に語調が強い。すなわち勅撰の賦作品は、漢魏六朝時代の賦より優れているというのみならず『詩経』『楚辞』の伝統をも越えているのである。

　もっとも律賦にはものごとを誇張的に表現する特徴がある。しかし『詩経』は儒家の経典であり、当時においてはこの上ない権威のあった書であるはずである。してみれば「風騒を凌轢す」というのは、当時において一歩踏み込んだ発言であり、ここに伝統を越える新しい文学としての律賦の意義を高らかに掲げようとする姿勢があらわされていると言えよう。

（三）同時代の古文家にも見られる共通した考え方

　以上に確認したように「賦の賦」では、『詩経』の伝統に則った思想内容を重視する一方で、伝統を越えたオリジナルの表現にも着目していた。文学創作に対するこのような態度は、同時代の古文家である韓愈にも確認できる。例えば韓愈の「劉正夫に答ふるの書（答劉正夫書）」には次のようにある。

或ひは文を為るに宜しく何をか師とすべきと問へば、必ず謹んで対へて曰はく、「宜しく古の聖賢の人を師とすべし」と。曰はく、「古の聖賢の人の為《つく》る所の書は具《つぶ》さに存すれども、辞は皆同じからず。宜しく何をか師とすべき」と。必ず謹んで対へて曰はく。「其の意を師として、其の辞を師とせざれ」と。

或問為文宜何師。必謹対曰。宜師古聖賢人。曰。古聖賢人所為書具存。辞皆不同。宜何師。必謹対曰。師其意。不師其辞。

韓愈は文章を作る上で、古の聖人賢人の「思想内容（意）」を手本とすべきだが、「表現（辞）」については手本にすべきではないと述べ、伝統に則った思想内容を基礎にしながら、伝統を越えたオリジナルの表現を追求すべきだと主張している。[九]

前章で指摘したように韓愈は律賦を否定し、古文を主張したのに対して、白居易は律賦を肯定し多くの律賦の名作を世に残しており、互いに全く異なる文体を選択した。しかしそうであるにも関わらず両者は、伝統の継承と革新を目指しているという点において共通しているのである。ここから伝統の継承と革新というのは中唐時代全体に広く認められた文学思潮であったと言うことができる。

（四）おわりに

最後に「賦の賦」から読み取れる白居易の賦観についてまとめると次のようになる。

まず第一に、勅撰の賦作品が作られた経緯が示された第二段や、賦によって人材を登用する意義が述べられた第六段では、『詩経』の思想内容の継承という点から賦を論じていた。そして第二に賦の淵源について述べた第一段や、勅撰の賦作品を評価した第三・四・五段では、『詩経』より発展した賦の華麗さを特に重視していた。

以上のように「賦の賦」は第一に『詩経』の思想内容の継承という点に着目し、第二に表現面の発展という点に主軸に置いて賦を論じている。「立意を先と為し、能文を主と為す」という評語にこうした白居易の賦観が端的にあらわれている。そもそも「賦の賦」の限韻は「賦者古詩之流」であったことからすれば、『詩経』の継承と発展を軸に賦が論じられているのはいわば当然と言える。

してみれば白居易独自の賦観があらわされている部分としてとりわけ注意すべきは、第五段の末で勅撰の賦作品を『詩経』や『楚辞』をも越えると見なしているところであろう。『詩経』は儒家の経典であることから考えると、この発言は一歩踏み込んだものだったと予想される。中唐の文学は全体として伝統からの逸脱を志向する傾向があると指摘されている。(一〇) 例えば先に確認したように、古文家の韓愈は思想内容においては伝統の継承を重んじつつ、表現においては伝統を越えたオリジナルのものを追求すべきと主張していたが、これは「賦の賦」における「『詩経』『楚辞』を越える（凌轢風騒）」という発言と一脈通じる。してみると「賦の賦」は中唐の文学思潮が色濃く反映されたものであり、また律賦は中唐の文学のあり方を明らかにする上で重要な資料と言えるだろう。

本節は「賦の賦」の検討を通して唐代人の律賦観の一端を明らかにしたものである。律賦の隆盛は同時期に興った古文復興運動といかなる関係があるのか、また律賦の実作にはどのような芸術的特徴があるのかという問題については今後の課題とし、稿を改めて論じたい。

注

（一）「賦の賦」の訳注や論考には、日本のものには岡村繁訳註『白氏文集』（四）（新釈漢文大系　明治書院　一九九〇）、波戸岡旭「白居易「賦賦」について」（國學院中国学会報第四十二輯　一九九八）、中国のものには、陳良運主編『中国歴代　賦学曲学論著選』（百花洲文芸出版社　二〇〇二）、趙俊波『中晩唐賦分体研究』下篇「論中晩唐人律賦観」第一章「論中晩唐人的律賦観」（中国社会科学出版社　華齢出版社　二〇〇四）、詹杭倫『唐宋賦学研究』第五章「白居易的賦論与賦作」（中国社会科学出版社　華齢出版社　二〇〇四）、許結『賦体文学的文化闡釈』「論論文賦的創作与批評」（中華書局　二〇〇五）がある。本節は、典故を調査する際にこれらの訳注や論考を参考にしつつ、伝統の継承と革新という面から「賦の賦」を再検討するものである。

（二）「文選の序」には時代の変化による詩文の発展について次のように述べられている。

夫の椎輪は大輅の始め為るも、大輅は寧んぞ椎輪の質有らんや。増冰は積水の成す所為るも、積水は曾て増冰の凜《さむ》き微《な》きが若きは、何ぞや。蓋し其の事に踵《つ》ぎて華を増し、其の本を変じて厲《はげ》しきを加ふればなり。物既に之有り、文も亦た宜しく然るべし。時に随ひて変改し、詳かに悉《つく》す可きこと難し。

若夫椎輪為大輅之始、大輅寧有椎輪之質、増冰為積水所成、積水曾微増冰之凜、何哉。蓋踵其事而増華、変其本而加厲。物既有之、文亦宜然。随時変改、難可詳悉。

「玉であしらった美しい車（大輅）」は、「飾りのない質素な車（椎輪）」を飾り立ててできたものだが、もとの質朴さが全く残っておらず、「水（積水）」から「厚い氷（増冰）」はできるが、「水（積水）」には「氷（増冰）」のような冷たさはない。

これらは質朴なものがしだいに華麗になり（踵其事而増華）、もとの物質が変化して冷たさが加わっているのである（変其本而加厲）。そしてこのように事物は変化するのであるから（物既有之）、当然文章も変化する（文亦宜然）。

（三）第三章・一節「「賦の賦」の限韻「賦者古詩之流」について」〔一一〇頁〕を参照。

（四）『周礼』春官宗伯・大師に対する鄭玄の注に見えることば。

（五）試みに「賦の賦」の中ではどのような声律面の工夫がなされているのかを確認してみると次のようになる。

義類錯綜●●●○　文諧宮律○○○●

詞采舒布○●○●　言中章句○○○●

前の二句は平仄がほぼ逆に、また後ろの二句は全く同じになっている。ここから白居易も勅撰の賦作品と同様に声律面に気を配って「賦の賦」を書いていたことが分かる。

（六）「文の賦」の訳は興膳宏訳注『弘法大師空海全集』巻五（筑摩書房　二〇〇一）〔五四五頁〕に、『文心雕龍』の訳は戸田浩暁訳注『文心雕龍』下（新釈漢文大系　明治書院　一九七八）〔三九六頁〕によった。

（七）『世説新語』捷悟篇には次のようにある。

魏武嘗て曹娥碑の下を過ぐ。楊修従ふ。碑の背上に題して「黄絹」「幼婦」「外孫」「虀臼」の八字を作るを見る。魏武、修に謂ひて曰はく「解するや不《いな》や」と。答へて曰はく「解せり」と。魏武曰はく「卿未だ言ふべからず。我の之を思ふを待て」と。行くこと三十里、魏武乃ち曰はく「吾已に得たり」と。修をして別に知る所を記さしむ。修曰はく、「『黄絹』は色絲なり、字に於いて『絶』と為る。『幼婦』は少女なり、字に於いて『妙』と為る。『外孫』は女子なり、字に於いて『好』と為る。『虀臼』は、辛を受くるなり、字に於いて辞と為る。所謂『絶妙好辞』なり」と。魏武亦た之を記すこと、脩と同じ、乃ち歎じて曰はく、「我が才卿に及ばざること、乃ち三十里を覚ゆ」と。

魏武嘗過曹娥碑下、楊修従、碑背上見題作「黄絹」「幼婦」「外孫」「齏臼」八字。魏武謂修曰：「解不」答曰：「解。」魏武曰：「卿未可言、待我思之。」行三十里、魏武乃曰：「吾已得。」令修別記所知。修曰、「『黄絹』、色絲也、於字為絶。『幼婦』、少女也、於字為妙。『外孫』、女子也、於字為好。『齏臼』、受辛也、於字為辞。所謂『絶妙好辞』也。」魏武亦記之、与脩同、乃歎曰、「我才不及卿、乃覚三十里」。

曹娥碑の背面に書かれてあった「黄絹」「幼婦」「外孫」「齏臼」という八字の隠語の意味を楊修は次のように解説する。「黄絹」とは「色糸」のことであるからそれを文字にすると「絶」になり、「幼婦」とは「少女」のことであるからそれを文字にすると「妙」になり、「外孫」とは「女子」のことであるからそれを文字にすると「好」になり、「齏臼」とは「辛を受ける」道具であるからこれを文字にすると「辤（辞）」になる。そしてこれらの文字を繋げると「絶妙好辞」という意味になる。

（八）許結『賦体文学的文化闡釈』「論論文賦的創作与批評」（中華書局　二〇〇五）〔二四八頁〕

（九）松本肇氏は、「唐宋古文運動は、「三代両漢の書に非ざれば敢えて観ず」（「李翊に与うる書」）という韓愈の言葉に象徴されるように、復古主義の思想によって貫かれているが、それでは、伝統に依拠しながら、どのように創造的表現を生み出すことができるのだろうか。このような問題に一番敏感に反応したのが他ならぬ韓愈だった」と指摘している。（伊藤虎丸・横山伊勢雄編『中国の文学論』Ⅲ「唐宋の文学論」、「唐宋八大家の世界」汲古書院　一九八七）〔一五一頁〕

（一〇）川合康三「文学の変容―中唐文学の特質―」（『終南山の変容』研文出版　一九九九所収）〔一九頁〕を参照。

第四章　左遷前と左遷後の詩観の変化

〔第四章の梗概〕

第二章と第三章では、青年期の白居易が、伝統の継承と革新を軸にして詩文を批評し、制作しようとしていたことを明らかにした。次の第四章「左遷前と左遷後の詩観の変化」では、白居易の詩観が四十四歳の江州左遷を期に大きく変化していることを論じたい。

第一節「白居易の詩観の二つの変化」では、江州左遷直後に元稹に宛てた手紙である「元九に与ふるの書」の検討を通して、左遷後における二つの詩観の変化を確認したい。二つの詩観の変化とは、一つは世間の価値観から「逸脱」した詩を重視する態度から、「踏襲」した詩を重視する態度になるという変化である。もう一つは「広く社会に向けて詩を制作する」態度から、「せまく個人や身内に向けて詩を制作する」態度になるという変化である。そしてこの二つの詩観の変化によって、実作においては江州左遷を期に「諷諭詩」が激減し、「雑律詩」が増加する。

第一節 白居易の詩観の二つの変化―江州左遷期の詩作の変化をもたらしたもの―

(一) はじめに

白居易の作品の傾向が、江州左遷を期に大きく変化することはよく知られている。むろんこのような変化は、何となくおこったものではなく、その裏には詩観の変化があったと考えるべきであろう。本節では、江州左遷後の詩観の変化の内実を明らかにしたい。

白居易は江州に左遷された直後の元和十年(八一五年)に、友人の元稹に宛てた手紙「元九に与ふるの書」の中で自分の詩を「諷諭」「閑適」「感傷」「雑律」の四つに分け、その分類の基準について次のように述べている。

①拾遺より来《このかた》、凡そ適ふ所、感ずる所、美刺興比に関する者、又た武徳より元和に訖《およ》ぶまで、事に因って題を立て、題して新楽府と為す者、共に一百五十首、之を諷諭詩と謂ふ。

自拾遺来、凡所適所感、関於美刺興比者、又自武徳訖元和、因事立題、題為新楽府者、共一百五十首、謂之諷諭詩。

②又た或ひは公より退き独り処り、或ひは病を移して閑居し、足るを知り和を保ちて情性を吟玩する者一百首、之を閑適詩と謂ふ。

又或退公独処、或移病閑居、知足保和吟玩情性者一百首、謂之閑適詩。

③又た事物外に牽き、情理内に動き、感遇に随ひて歎詠に形《あらは》す者一百首有り、之を感傷詩と謂ふ。

又有事物牽於外、情理動於内、随感遇而形於歎詠者一百首、謂之感傷詩。

④又た五言、七言、長句、絶句、一百韻より両韻に至る者四百餘有り、之を雑律詩と謂ふ。

又有五言、七言、長句、絶句、自一百韻至両韻者四百餘、謂之雑律詩。

この詩の分類方法は、それまでに作った詩を『詩集』十五巻として編集するために編み出されたものであり、九年後の長慶四年（八二四年）には、この分類方法に基づいて『白氏長慶集』が編集されている。「諷諭」「閑適」「感傷」「雑律」というように詩を四分類する方法は、白居易独自のものである。たとえば六朝の代表的なアンソロジー『文選』では次のように詩を二十三種に分類している。

補亡、述徳、勧励、献詩、公讌、祖餞、詠史、百一、遊仙、招隠、反招隠、游覧、詠懐、哀傷、贈答、行旅、軍戎、郊廟、楽府、挽歌、雑歌、雑詩、雑擬

このような分類法は何らの体系性も見いだせない。このような非体系性は白居易と同時代人の詩の分類方法においても指摘できる。例えば友人である元稹が「詩に叙して楽天に寄する書」で提示した詩の分類方法は次のようになっている。

古諷、楽諷、古体、新題楽府、律詩五言、律詩七言、律諷、悼亡、艶詩古体、艶詩今体

成田静香氏（一）は、この元稹の詩の分類方法は、「古諷」と「古体」、「楽諷」と「新題楽府」、「律諷」と「律詩」というふうに「諷」があるかないかという基準によってそれぞれの詩が分類されているが、「悼亡」「艶詩古体」「艶詩今体」の三体はこの基準では説明しきれないとしている。つまりこの分類方法は、必ずしも体系的な分類方法だとは言い切

れないと言うのである。成田氏の指摘は真に当を得ている。

それに対して、白居易の詩集四分類は、きわめて体系的な分類方法だと判断される。なおかつ、それぞれの類と類との関係がはっきりしているので、それぞれの類の詩の数の増加、あるいは減少という面から、詩人の文学観の変化を読みとることができる。以下、それぞれの詩作数の増加、減少という面に注目して、白居易の詩観の変化を検討していきたい。

下定雅弘氏[二]は、白居易は江州司馬に左遷されると、「諷諭詩」が激減し、「雑律詩」が大幅に増加すると指摘している。次に下定氏の指摘をもとに、江州左遷によっておこる詩作の変化が「諷諭詩」から「雑律詩」への傾斜であることを確認しておきたい。

	A諷諭	B閑適	C感傷	D雑律
江州左遷前（約二十九年間）	154	97	99	262
江州左遷後（約十年間）	10	118	105	489

まず、「諷諭詩」の変化について見てみたい。白居易は、詩を作りはじめた時と考えられる十五才の時から、江州に左遷される四十四才までの二十九年間に、「諷諭詩」を一百五十四首ほど制作している。それに対して江州左遷時には、「諷諭詩」を十首制作しているが、それ以後は一首も作っていない。この「諷諭詩」の制作数の減少は、いちじるしいものであると言える。

それに対して「雑律詩」は、大幅に増加している。江州に左遷されるまでの約二十九年の間に、「諷諭詩」より百首余り多い二百六十二首[三]制作している。しかし、それに対して江州に左遷されてからのわずか十年足らずの期間で、白居易はその倍近くの四百八十九首もの「雑律詩」を制作している。この「雑律詩」の増加は、目をみはるものと言えよう。

以上のような「諷諭詩」「雑律詩」の変化に比べると、「閑適詩」「感傷詩」の方にはあまり大きな変化は認められない。したがって、江州左遷期における詩作の変化は、「諷諭詩」から「雑律詩」への変化と捉えることができる。では「諷諭詩」から「雑律詩」へというこの詩作の変化は、一体何に基づくものなのだろうか。本節ではそれについて検討したい。

(二) 先行研究の指摘

江州左遷による詩作の変化の意味については、これまでさまざまに論じられてきた。それらを概観してみると、白居易の人生観や政治観の変化を明らかにするという観点のものが多いと言える。例えば花房英樹氏は[四]、江州への左遷によっておこる、「諷諭詩」の激減、「雑律詩」の増加という現象を「現実の社会に根ざした「詩道」の文学から、非「詩道」の文学へ脱落したあらわれ」と捉えている。ここで花房氏が言う「詩道」の文学とは、悪政を正すという目的で詠われたとされる『詩経』のような詩歌を指しているのであろう。すなわち花房氏によれば、白居易の文学は、江州左遷を期に政治的な文学から非政治的な文学へと傾斜していったというのである。堤留吉氏[五]、平岡武夫氏[六]も花房氏とほぼ同じ見解を示している。つまり、今まで多くの研究者は、この詩作の変化を政治に生きることから、非政治的なものへ傾斜していく人生の態度の変化として捉えてきたということである。

しかし、下定雅弘氏(七)は、詩作の変化をこのように捉えるのは短絡的であると批判している。下定氏は、江州左遷後の詩作について「諷諭詩の制作の時代は終わったが、閑適詩・感傷詩は、都での官僚としての現実への執着をはっきり示している。律詩には、『風雪・花草』を詠じるものが多いが、しかし、やはり朝官としての活躍を渇望する思いを読みとれるものが少なくない」と述べている。すなわち下定氏の説に従えば、江州左遷後に大量に制作された「雑律詩」の中にも、政治に対する執着が読み込まれていると言うのである。氏の指摘には妥当性があり、たしかに納得させられる。しかし下定氏もまた、白居易の詩作の変化を人生観や政治観の変化として捉えようとしており、この点においてはこれまでの研究者たちと同じだと言える。

以上の先行研究に対して論者は、白居易の詩作の変化を文学観の変化として捉える必要もあるということを指摘したい。なぜならば白居易は「元九に与ふるの書」において「詩集四分類」という考え方を示すことによって、自らの文学観を開陳しているからである。それぞれの詩の増減の裏には、文学観の変化を読み取るべきであろう。これまでの研究はこの点には十分に注意を払ってこなかったと言える。

結論を先に述べると、江州左遷後の詩作の変化を文学観の変化という面から捉えた場合、次に示す二つの変化を見て取ることができる。それは第一に、詩を作る際の表現手法の変化である。第二に、詩作のときに想定した読み手の変化である。以下、この二つの変化について述べたい。

(三) 第一の変化について――「逸脱」から「踏襲」へ――

まずはじめに、本節では「元九に与ふるの書」における白居易の発言に忠実に基づいて、詩観の変化を捉えたいということをあらかじめ述べて置く。一章で確認したが静永健氏は「元九に与ふるの書」における四分類の定義は実際の詩のあり方と一致していないとして「元九に与ふるの書」における白居易の発言を真意ではないと見なしていた。(八)しかし「元九に与ふるの書」をよく読んでみると、以下に検討するように、そこには文章全体に一貫した文学思想を認めることができる。そこでまず本節では「元九に与ふるの書」に一貫して流れている文学思想を捉えたい。それは人生観を述べた文章として読まれてきた「元九に与ふるの書」を文学論という面から再検討したいということでもある。

また「元九に与ふるの書」は、あくまで江州に左遷された直後の元和十年の時点の白居易の考えを表したものでしかない。その後にも、三十年にも渡る後半生があり、そのことも十分考慮する必要があろう。また「元九に与ふるの書」のほかにも、文学について論じた文章や詩が多く存在するが、それらと「元九に与ふるの書」との関係も十分考える必要があるだろう。しかし、「元九に与ふるの書」の中のことに四分類について述べた部分は、それだけで一つの体系的な文学論になっている以上、まずは「元九に与ふるの書」を十分に検討して、そこに述べられている文学思想を明確に捉えておかなければならないはずである。このような観点から、本節では「元九に与ふるの書」の中から読み取り得る白居易の詩観を明らかにしたい。

1

江州に左遷されるまでの白居易は、当時の一般的な文学観から「逸脱」した詩を重視し、「踏襲」した詩を軽視するという考えを持っていた。ここではまず、こうした左遷前の文学に対する態度を確認したい。

白居易は、「元九に与ふるの書」の中で、四分類の中でも「諷諭詩」と「閑適詩」を最も大切なものだとしつつ、それらを世間の人たちに好まれないものだと認めている。「諷諭詩」と「閑適詩」は、どのような面から世間の人たちに好まれなかったのかについて白居易は次のように述べている。

諷諭なる者、意激にして言質、閑適なる者、思澹にして詞迂なるに至る。質を以て迂に合すれば、宜なるかな人の愛せざるは。

至於諷諭者、意激而言質。閑適者、思澹而詞迂。以質合迂、宜人之不愛也。

「諷諭詩」は「意（思想内容）」が「激」で、「言（表現方法）」が「質」だとし、「閑適詩」は「思（思想内容）」が「澹」で、「詞（表現方法）」が「迂」だとしている。ここで白居易が自ら述べる「諷諭詩」「閑適詩」の特徴をまとめると次のようになる。

	A 諷諭	B 閑適
①思想内容	激	澹
②表現方法	質	迂

そして白居易は「質を以て迂に合すれば、宜なるかな人の愛せざるは」すなわち自分が重要だと考える「諷諭詩」「閑適詩」は「質」「迂」という特徴があるので、人びとから好まれないのも当然だと述べている。このように白居易は自分が主張する文学は、「激」「質」「澹」「迂」という面において世間の価値観から「逸脱」していると自ら認

めているのである。この点は、白居易の詩論を検討する上で極めて重要だと考えられる。

川合康三氏［九］は、白居易が「諷諭詩」「閑適詩」の思想内容として認めていた「激」「澹」、表現方法として認めていた「質」「迂」について次のように述べている。

> 「与元九書」の中で自分の諷諭詩について言う「激・質」、閑適詩について言う「澹・迂」は、いずれも他の箇所でも白居易の文学や人間についてその核心を言うのに用いられている。そしてそれは白居易の基準では価値的なものであっても、世間の目から見れば否定的なものであった。

川合氏の指摘は恐らく正しいと推測できるが、実際の文学論の言説を十分に論証しているわけではない。そこで、次に「諷諭詩」「閑適詩」の思想内容である「激」「澹」、表現方法である「質」「迂」が、実際の文学論の言説の中で、いかに評価されてきたのかを確認していきたい。

2

はじめに「諷諭詩」の思想内容である「激」について見てみたい。次にあげる文章は「諷諭詩」に属する「和答詩十首」の序文である。ここで白居易は、自分の詩を「激」であり「繁」であると認め、「激」であり「繁」であるところこそが、自分の詩の長所でもあり、短所でもあると述べている。

> 頃者《このごろ》、科試の間に在りて、常に足下と筆硯を同じくす。筆を下す時毎に、輒ち相顧みて、共に其の意は太《はなは》だ切にして理は太だ周《あまね》きを患ふ。故に理太《はなは》だ周《あまね》ければ則ち辞繁く、意太だ切なれば則ち言激す。然れども足下と文を為《つく》るは、長ずる所は此に在り、病とする所も亦た此に在り。
>
> 頃者、在科試間、常与足下同筆硯、毎下筆時、輒相顧、共患其意太切而理太周。故理太周則辞繁、意太切則

言激。然与足下為文、所長在於此、所病亦在於此。

ここで白居易は、自分の詩を批評して「其の意は太《はなは》だ切にして理は太だ周《あまね》きを患ふ」と述べ、詩の思想内容が「切」実になり、論理が「周」密になりすぎていることを憂えている。なぜなら詩において論理が「周」密になれば表現が「繁」雑になり、思想内容が「切」実になれば表現が「激」烈になるからである。つまり、ここで白居易は、「激」烈であり、「繁」雑な自分の詩に対して、表面的には否定的な態度をとっている。

では、白居易は、「繁」雑で「激」烈な詩を全く否定すべきものと捉えているかというと、決してそうではなく、むしろその逆である。白居易は「長ずる所は此に在り、病とする所も亦た此に在り」と述べ、「繁」雑、「激」烈という特徴を持つ詩は、一般的な価値観に基づけば否定的に評価されるべきものだが、そのような詩をこそ自分は大切にするのだと主張している。ここに「繁」雑で「激」烈な自己の文学に対する強い自負を見て取ることができる。すなわち白居易は、「諷諭詩」の思想内容の「激」を世間の価値観から「逸脱」するものだと自覚しながら、それを最も重要な概念として捉えていたのである。

では、「激」という概念は文学論の中で、実際どのように捉えられてきたのであろうか。儒家の文学論には、詩には人民の心を陶冶する働きがある、とする「温柔敦厚」という考え方が古くからある。(一〇)また、詩で為政者を諷刺する場合は、それとなく表現しなければならないとする「文を主として譎諫す」という考え方も認められて来た。(一一)張少康氏(一二)によると、「諷諭詩」の「激」なる思想内容は、「温柔敦厚」や「文を主として譎諫す」という伝統的な儒家の考え方から「逸脱」していると言う。

白居易が強調する「意は激に」と「言は切に」という詩を創作する上での原則は、「温柔敦厚」「文を主として譎諫す」という考えと真っ向から矛盾するものである。白居易は「元九に与ふるの書」の中で、「諷諭なる者に至りては、意は激にして言は質」と言い、また「新楽府序」で、「其の言直にして切なるは、之れを聞く者の深く誡むるを欲すればなり」と言っている。白居易が「意は激に」「言は切に」して詩を作った目的は、「人病を救済し、時闕を裨補す（人民の苦しみを救済して、政治上の欠陥を補う）」ことを実現させようとしたからにほかならない。

他所強調的「意激」和「言切」的創作原則、是直接和「温柔敦厚」「主文而譎諫」的主張相沖突的。他在〈与元九書〉中説「至于諷諭者、意激而言質」又其〈新楽府序〉中説、「其言直而切、欲聞之者深誡也」「意激」「言切」的目的是為了能真正実現「救済人病、裨補時闕」。

張少康氏の指摘に従えば、世間一般の価値観から「逸脱」すると白居易自ら認めていた「激」なる思想内容は、伝統的に認められていた儒家的な文学観から見ても「逸脱」したものであったと理解できる。（一三）

3

次に「閑適詩」の思想内容である「澹」について見てみたい。次にあげるのは、「元九に与ふるの書」における韋応物に対する評価である。ここでは、「高雅閑澹」で独特な風格が備わっている韋応物の五言詩が、この上なく高く評価されている。

僕は遠く古旧を徼《もと》むること能はず。近歳の韋蘇州の歌行の如きは、才麗の外、頗る興諷に近し。其の五言詩は又た高雅閑澹、自ら一家の体を成す。今の筆を秉《と》るの者、誰か能く之れに及ばん。然れども蘇州の在時に当たりては、人も亦た未だ其れ愛重せず。必ず身後を待ち、然る後に人之れを貴ぶ。

僕不能遠徼古旧。如近歳韋蘇州歌行、才麗之外、頗近興諷。其五言詩、又高雅閑澹、自成一家之体。今之秉筆者、誰能及之。然当蘇州在時、人亦未其愛重。必待身後、然後人貴之。

白居易は「高雅閑澹」であるという点に着目して、韋応物の五言詩を高く評価している。「閑澹」という概念は、「閑」と「澹」という二つの概念が組み合わさったものであり、「澹」そのものではないが白居易が「澹」を重要な概念と考えていたと捉えて大きな誤りはないと思う。

しかし白居易が高い評価を与える「閑澹」なる韋応物の文学は、「然れども蘇州 在りし時に当たりては、人も亦た未だ其れ愛重せず」詩人が生きていた時代には、当時の世間の人たちに受け入れられなかったようである。つまり「澹」という文学のあり方は世間一般の人たちに好まれるものではなく、白居易もそれをよく知っていたにも関わらず、白居易自身はそれを重視していたのである。白居易は今まで文学のあり方として否定すべきものと考えられてきた「澹」を、むしろ肯定的なものに捉え直しているのである。ここに一種の「価値観の転換」があったと言える。このことについて、和田英信氏は次のように述べる。(二四)

専ら貶められるもの、或いは文学と馴染みにくいものとしての「淡」から目指すべき課題としての「淡」へという「淡」観の転換の背景には、およそ大きくは「かなしみ」を詠うものから「よろこび」を詠うものという、求められるべき詩的興趣のあり方の変化が見いだせるのではないか。

「澹(=淡)」という思想内容を持つ「閑適詩」は、「詩人の満ち足りた感情」を歌いあげたものであるが、それは、和田氏が指摘するように「悲しみ」や「憤り」を歌うことを主としていたそれまでの文学のあり方から「逸脱」していたのである。(二五)

張氏、和田氏の指摘に基づけば、白居易が「諷諭詩」「閑適詩」の思想内容として認めていた「激」や「澹(=淡)」は、当時の一般的な文学観から「逸脱」したものであったと理解できる。すなわち白居易は一般的な価値観から「逸脱」したものを、それと分かりながら重視していたのである。では「諷諭詩」「閑適詩」の「表現方法」である「質」「迂」はどうであろうか。次にそれについて検討したい。

4

まず「諷諭詩」の表現方法である「質」について検討したい。「新楽府の序」には、「新楽府」の創作態度が次のように表現されている。

其の辞質にして徑なるは、之を見る者をして諭り易きを欲すればなり。其の言直にして切なるは、之を聞く者をして深く誡しむるを欲すればなり。其の事覈にして実なるは、之を采る者をして信を伝えしめむればなり。其の体順にして肆なるは、以て楽章歌曲に播《ほどこ》すべきなり。

其辞質而徑、欲見之者易諭也。其言直而切、欲聞之者深誡也。其事覈而実、使采之者伝信也。其体順而肆、可以播於楽章歌曲也。

読者に「新楽府」の意図を理解してもらうために「質（質朴）」「徑（そのままずばり）」に表現したと述べており、白居易はつとめて「質」「径」という表現方法を用いたことが分かる。では、「質」という文学のあり方は、従来どのように評価されてきたのであろうか。復古や政治的効用を重視する立場の詩人が「質（質朴）」な文学を提唱する場合もあるが、「質」である詩歌は一般的には批判的に捉えられてきた。つまり程度の差はあるにせよ、詩歌は華麗であるべきだと考えられてきたのである。例えば鍾嶸の『詩品』の序には次のようにある。

東京の二百載中には、惟だ班固の詠史有るのみ。質木にして文無し。降りて建安に及べば、曹公父子は篤く斯文を好む。平原兄弟は、鬱として文棟たり。劉楨、王粲は其の羽翼と為る。

東京二百載中、惟有班固詠史。質木無文。降及建安、曹公父子篤好斯文。平原兄弟、鬱為文棟。劉楨、王粲、為其羽翼。

後漢時代（東京）の見るべき詩は、班固の詠史詩だけであり、それも質朴（質木）で華麗さがない（無文）から高い評価は与えられないと言う。実際に『詩品』において班固は下品に位置づけられている。このように「質」な文学を否定する考え方は、白居易が生きた中唐時代においても確認できる。

夫れ詩工の心を創るや、情を以て地と為し、興を以て経と為し、然る後に清音もて其の風律を韻し、麗句もて其の文彩を増す。楊林積翠の下に、翹楚幽花、時時に間《ま》ま発《ひら》くが如きは、乃ち斯文の味わひ益ます深きを知る。

夫詩工創心、以情為地、以興為経、然後清音韻其風律、麗句増其文彩。如楊林積翠之下、翹楚幽花、時時間発、乃知斯文味益深矣。

中唐の詩人皎然は、詩を作る際にはまず「情」や「興」といった「詩人の内にある思い」を基礎とした上でそれらをすがすがしい音律（清音）でひびかせ、美しいことば（麗句）でいろどらなくてはいけないと述べる。つまり、皎然はここで、詩には文彩が不可欠だと主張しているのである。

さらには、柳宗元も「楊評事文集後序」で次のように指摘している。

賛に曰く、文の用は、辞令褒貶、導揚諷諭のみ。其の言は鄙野なりと雖も、以て用に備ふるに足る。然れども其の文采を闕けば、固より以て時聴を竦動して、後学に夸示するに足らず。

賛曰、文之用、辞令褒貶、導揚諷諭而已。雖其言鄙野、足以備於用。然而闕其文采、固不足以竦動時聴、夸示後学。

文学は現実社会に役立たせるべきものであり、人々の心を動かし後世に伝えるためには文彩は不可欠だ、と柳宗元は主張している。重要なのは、美文派の皎然だけではなく、駢文を否定し、古文を提唱した柳宗元によってこのような発言がなされているということである。すなわち詩や文章に文彩が不可欠だというのは、中唐において、広く認められていた考え方であったと言える。してみると、「質」という表現方法を重視する白居易の態度は、当時の価値観から背を向けたものだったことが分かる。

5

次に「閑適詩」の表現方法である「迂」について検討したい。白居易は、「閑居して偶々鄭庶子、皇甫郎中を招く」（一六）詩の中で、「自ら哂《わら》う此の迂叟、少《おさな》くして迂にして老いて更に迂なり」と詠い、自分のことを自嘲的に「迂叟（世間のことにうとい老人）」と呼んでいるが、ここにはある種の自負のようなものも感じ取れる。

では、「迂」は、従来どのような価値を持つ言葉として用いられてきたのであろうか。『史記』孟子荀卿列伝には、時の急務とは関係ない「迂遠」な三代（堯・舜・禹）の徳のことばかり話す孟子が、梁の恵王に採用されなかったというエピソードが載っている。

> 梁に適《ゆ》くも、梁の恵王は言う所を果たさず、則ち見て以て迂遠にして事情に闊《うと》しと為す…天下方《まさ》に合従連衡に務め、攻伐を以て賢と為す。而《しか》るに孟軻は乃ち唐虞三代の徳を述ぶ。是を以て如《ゆ》く所の者合はざるなり。
>
> 適梁、梁恵王不果所言、則見以為迂遠而闊於事情。……天下方務於合従連衡、以攻伐為賢。而孟軻乃述唐虞三代之徳、是以所如者不合。

この用例から「迂遠」とは「時事にうとい（闊於事情）」という意味であり、否定的な語感を持つ言葉であったことが分かる。またこれと同じように「迂遠」な文学も否定されるべきものと見なされてきた。『詩式』の中の「詩有四離」という文章には次のようにある。

道情有りと雖も　深僻を離る。経史を欲すと雖も、書生を離る。高逸を尚ぶと雖も、迂遠を離る。飛動を欲すと雖も、軽浮を離る。

雖有道情、而離深僻。雖欲経史、而離書生。雖尚高逸、而離迂遠。雖欲飛動、而離軽浮。

皎然はここで避けるべき詩のありかたの一つとして「迂遠」を挙げている。すなわち「高逸（超俗）」な文学は尊ぶべきだが、度を超えて「迂遠」に陥らないようにと述べているのである。

以上の検討から、白居易が「諷諭詩」「閑適詩」の表現方法としてあげていた「質」「迂」はともに、当時の一般的な文学観から「逸脱」したものだったと言える。つまり、白居易自らが重要だと主張する「諷諭詩」「閑適詩」は、思想内容の面においても表現方法の面においても、一般的な文学観から「逸脱」していたのである。もちろん当時の文学のあり方は多様であり、「一般的」なるものをにわかに捉えることはできないが、少なくとも白居易自身は「諷諭詩」と「閑適詩」を当時の文学観から「逸脱」したものと捉えていたことは確かである。

6

次に江州に左遷されるまでは、当時の一般的な文学観に則った作品を軽視していたことについて検討したい。白居易は、「元九に与ふるの書」で、世間の人たちに愛好された「雑律詩」と「長恨歌」（「感傷詩」に属する）とを取るに足りないものと評している。

今僕の詩、人の愛する所の者は、悉く雑律詩と長恨歌已下に過ぎざるのみ。時の重んじる所は、僕の軽んじる所なり。

今僕之詩、人所愛者、悉不過雑律詩与長恨歌已下耳。時之所重、僕之所軽。

では「雑律詩」の表現方法を白居易はいかに捉えていたのであろうか。白居易は「元九に与ふるの書」の中で元稹と唱和した「小律」を「新艶」と称している。「小律」とは絶句のことであるから、次にあげる文章は「雑律詩」に対する発言であると理解できる。

如今年春遊城南時、与足下馬上相戯、因各誦新艶小律、不雑他篇。自皇子陂帰昭国里、迭吟遞唱、不絶声者二十里余。樊、李在傍、無所措口。

今年の春、城南に遊ぶの時の如きは、足下と馬上に相い戯れ、因りて各々新艶の小律を誦んじ、他篇を雑へず。皇子陂より昭国里に帰るまで、迭《たが》いに吟じ遞《たが》いに唱じ、声を絶へざる者二《こと》十里余。樊、李傍らに在るも、口を措《お》く所無し。

白居易は、元稹と馬上で競って歌い合った「小律」を「新艶」と称している。「新艶」とは「新」奇で「艶」やかだと言うことである。白居易は世間の人々が好む「艶」なるものに対してしばしば否定的な態度を取っていた。例えば「鄧魴 張徹 落第」詩には次のようにある。

衆目悦芳艶、松独守其貞　衆目 芳艶を悦び、松 独り其の貞を守る。
衆耳喜鄭衛、琴亦不改声　衆耳 鄭衛を喜び、琴も亦た声を改めず。

世間の人がもっぱら好むものは「芳」しく、「艶」やかな牡丹の花であり、高潔な松は「艶」やかさがないので人々から好まれないが、自身は松を愛好するのだと詠っている。（一七）

「艶」やかな花だけではなく、「艶」やかな文学もまた世間の人々に愛好される対象であった。文学論の中に見られる「艶」という評語もおおむね肯定的な文脈で用いられているのである。例えば西晋の陸機は「文賦」で次のように述べている。

或ひは清虚にして以て婉約、毎に煩を除いて濫を去る。大羹の遺味を闕き、朱絃の清氾なるに同じ。一唱して三歎すと雖も、固より既に雅にして艶ならず。

或清虚以婉約、毎除煩而去濫。闕大羹之遺味、同朱絃之清氾。雖一唱而三歎、固既雅而不艶。

陸機は、あっさりとして簡潔な文章は、「雅」やかだが「艶」ではないので評価に値しないと述べ、文学作品には「艶」やかさは不可欠だと主張している。また東晋の葛洪『抱朴子』鈞世篇にも次のようにある。

並びに祭祀を美《ほ》むるに、清廟、雲漢の辞は、何ぞ郭氏南郊の艶なるに如かんや。

並美祭祀、而清廟、雲漢之辞、何如郭氏南郊之艶乎。

葛洪は『詩経』の「清廟」「雲漢」という歌は、郭璞の「艶」やかなる「南郊賦」に全く及ばないと述べている。陸機は詩の修辞面を重視する「縁情説」を主張した詩人であり、葛洪も復古的文学観を批判する思想家として知られている[一八]が、彼らの主張に基づけば、詩歌に「艶」やかさは不可欠だということなのである。そしてこうした考え方は六朝時代に広く受け入れられたものであったのである。

では、唐代では、どうであろうか。唐代になると「艶」やかさを求めるあまり、内容が空疎になってしまった詩を「軽艶」「浮艶」と否定する場合がしばしばある。例えば『中国美学範疇辞典』[一九]の「艶」の項目には次のようにある。

六朝時代以来、形式美ばかりを求め、思想内容を軽視するという軽薄な文章スタイルが氾濫したことにより、「艶」が、文芸や美学に関する著作の中でだんだんと否定的な意味あいを持つようになった。例えば「浮艶」とは、華麗なだけで内容のない作品をもっぱら指し、孟棨は『本事詩』の中で李白の句を引用して「梁陳以来、艶薄斯に極まれり」と言っている。

六朝以来、由于片面追求形式而軽視内容浮靡文風泛濫、「艶」在文芸美学論著里漸漸成為貶義語―「浮艶」、専指那種華而不実之作、如孟棨『本事詩』引李白句、「梁陳以来、艶薄斯極」（執筆者・李祥林）

唐代になると、「華麗」なばかりで、内容が空疎な詩が「浮艶」もしくは「軽艶」と批判されるようになった。つまり「艶」やかなだけで十分な思想内容が込められていない詩文は否定すべき対象と見なされるようになったと言うことである。白居易が、「新艶」である「雑律詩」を軽視した背後には、当時のこうした文学思潮の存在があったと言えるが、「浮艶」にせよ「軽艶」にせよ、「浮」「軽」という、負の価値をもつ言葉が冠せられている「艶」であり、「新艶」とは一線を画すべきであろう。唐代になっても「艶」自体は、一般的には肯定的に評価とされていたことを示すものに次にあげる劉禹錫の「竹枝詞」の序がある。

歳正月、余建平に来たれば、里中の児、竹枝を聯歌し、短笛を吹きて鼓を撃ちて以て節に赴く。…其の音を聆《き》けば、黄鐘の羽に中《あた》り、卒章は激訐なること呉声の如し。傖儜は分かつべからずと雖も、而れども含思宛転にして、淇澳の艶有り。

歳正月、余来建平、里中児聯歌竹枝、吹短笛撃鼓以赴節。…聆其音、中黄鐘之羽、卒章激訐如呉声。雖傖儜不可分、而含思宛転、有淇濮之艶。

劉禹錫は、「竹枝」の詞《うた》を、淇水や濮水一帯の民謡に特有の「艶」っぽさがあると称えている。白居易と交流のあつい詩人であり、文学的にもよき理解者であった劉禹錫も「艶」っぽい詩歌を評価しているにも関わらず、白居易自身は「新艶」である「雑律詩」を軽視していたのである。

以上の検討から、白居易は江州に左遷されるまで、世間の一般的な価値観から「逸脱」した思想内容と表現形式を持つ「諷諭詩」「閑適詩」を重視し、「新艶」で世の人に愛好された「雑律詩」を軽視していることが分かった。しかし、はじめに確認したように江州に左遷されると、「諷諭詩」は激減し、まもなく全く作られなくなっているのに対して「雑律詩」は大幅に増えている。すなわち白居易の詩観は江州左遷を期に、当時の文学観から「逸脱」した作品を重視するという態度から、「踏襲」したものを重視する態度へ変化しているのである。これが江州左遷によってもたらされる第一の詩観の変化である。

しかし、実作の数を見ると江州に左遷されても「閑適詩」の制作数には大きな変化は認められない。「閑適詩」は、「諷諭詩」と同じく、当時の文学観から「逸脱」したものと白居易は認めていたはずである。したがって「諷諭詩」から「雑律詩」への変化を「逸脱」から「踏襲」という変化と捉えるだけでは、「閑適詩」の制作数に変化がなかったことを十分に説明できない。それについては、「雑律詩」が増加するもう一つの意味について検討しなければならない。「元九に与ふるの書」をさらに分析すると、詩集四分類はもう一つには白居易が想定する読み手の違いによって分類されていることが分かる。そして「諷諭詩」から「雑律詩」への変化を想定する読み手の変化と捉えることができる。これが江州左遷によってもたらされる第二の詩観の変化である。次にこのことについて検討したい。

(四) 第二の変化について――「詩を広く社会へ向ける」姿勢から「内、個人へ向ける」姿勢へ――

1

「元九に与ふるの書」における白居易の発言によれば、「諷諭詩」「感傷詩」は、ともに「広く社会へ向けて書いた詩」、すなわち当時、まだ詩の担い手として一般的には認められていなかった庶民にまで読んでもらうことを想定して書かれた詩であったと言える。(二〇) 次にあげる「元九に与ふるの書」に記されている「長恨歌」（「感傷詩」に属する）にまつわるエピソードをごらんいただきたい。

　再び長安に来るに及びて、又た聞く「軍使の高霞寓なる者有りて、倡妓を娉せんと欲す。妓大いに誇りて曰く『我れ白学士の長恨歌を誦んじ得たり。豈に他の妓と同じならんや』と。是れに由りて價を増す」と。

　及再来長安、又聞有軍使高霞寓者、欲娉倡妓。妓大誇曰我誦得白学士長恨歌。豈同他妓哉。由是増價。

「長恨歌」が歌えるということを理由に身受けの値段をつりあげた芸妓のエピソードが書かれている。この記述から「感傷詩」に属する「長恨歌」が町の妓館にまで知れわたっていたこと、そして「長恨歌」が歌えることが、芸妓としてのステータスであったことが分かる。また、次のような記述もある。

　諸妓、僕の来るを見て、指して相ひ顧みて曰はく「此れ是れ秦中吟、長恨歌の主たるのみ」と。長安より江西に抵《いた》ること、三四千里、凡そ郷校、仏寺、逆旅、行舟の中に、往往にして僕の詩を題する者有り。士庶、僧徒、孀婦、処女の口に毎毎 僕の詩を詠ずる者有り。

　諸妓見僕来、指而相顧曰、此是秦中吟、長恨歌主耳。自長安抵江西、三四千里、凡郷校、仏寺、逆旅、行舟之中往往有題僕詩者。士庶、僧徒、孀婦、処女之口毎毎有詠僕詩者。

白居易が町の妓館にやってくると、長安の芸妓たちは「此れ是れ秦中吟、長恨歌の主たるのみ」と言って彼のことを指さしたと言う。この記述から、詩人としての白居易の名前が町の芸妓にまで知れ渡っていたこと、そして彼の詩の中でも、「秦中吟（諷諭詩）」と「長恨歌（感傷詩）」が特に世の中に広まっていたことが分かる。

　唐代の主な詩の担い手は、貴族と新興士大夫であったが、白居易は、詩の読者層をさらに庶民まで広げようとしたのである。以上に確認した「元九に与ふるの書」の発言に基づけば、白居易の詩の中でも特に「諷諭詩」「感傷詩」

が、そのような意識で制作された詩だったと推察できる。

2

広く社会へ向けて制作した「諷諭詩」「感傷詩」に対して、「閑適詩」「雑律詩」は自己やよき文学の理解者であった親友（例えば元稹や劉禹錫等）にのみ読まれることを想定した詩だと言える。

白居易が、「閑適詩」において「迂」という表現方法を用いていたことは先に確認したが、ここで再度、白居易の詩文中の「迂」の用例を見ておきたい。白居易は「迂叟」という詩の中で自己のことを次のように詠っている。

一辞魏闕就商賓、散地閑居八九春　　一たび魏闕を辞して商賓に就き、散地に閑居すること八九春
初時被目為迂叟、近日蒙呼作隠人　　初時は目して迂叟と為され、近日は呼んで隠人と作さる

ここで白居易は、洛陽の東都分司となった自分が世間の人たちに「迂叟（世間のことにうとい老人）」と呼ばれていることを自嘲の語気と自愛の念をこめて詠っている。ここで用いられるように「迂」とは、「社会一般のことからかけ離れている」という意味であるから、「迂」なる表現方法を用いた「閑適詩」は、社会への広がりを考慮せず、自己や身内・個人のみに読まれることを想定した詩だと言える。

また同じく「雑律詩」も広い読者を想定せずに制作した詩だと判断される。白居易は「元九に与ふるの書」で、「雑律詩」を削ってしまってもよいとまで言って軽視しているが、ある一つの価値も見出している。

其の餘の雑律詩は、或いは一時一物に誘われ、一笑一吟に発し、率然と章を成すものにして、平生の尚ぶ所に非ざる者なり。但だ親朋合散の際を以て、其の恨みを釈き懽《よろこ》びを佐《たす》くるを取る。今 銓次の間、未だ刪去する能はず。他時 我が為に斯の文を編集する者有れば、之を略するも可なり。

其餘雜律詩、或誘於一時一物、発於一笑一吟、率然成章、非平生所尚者。但以親朋合散之際、取其釈恨佐懽。今銓次之間、未能刪去。他時有為我編集斯文者、略之可也。

ここで白居易は、「雑律詩」について「或いは一時一物に誘われ、一笑一吟に発し、率然と章を成すものにして、平生の尚ぶ所に非ざる者なり」その時々の興に乗じて、にわかに制作した詩なので、自らは重視していないと述べている。しかしもう一面で「雑律詩」には、「但だ親朋合散の際を以て、其の恨みを釈き懽《よろこ》びを佐《たす》くるを取る」、親しい友人同士で再会したり離別したりした時に、悲しみをやわらげ喜びを大きくする役割があると認めてもいる。すなわちこの発言から「雑律詩」は、多くの人たちに読んでもらおうとしたものではなく、もっぱら気のあった友人に読んでもらうことを念頭において制作したものだということが分かる[一二]。

以上の検討から、「諷諭詩」が激減し、「雑律詩」が激増する原因となったもう一つの詩観の変化を確認することができた。それは白居易が想定した読み手の変化である。すなわち、広く社会に向けて書こうとしていた態度から身内や個人といった狭い読者に向けて書こうとする態度へ変化したということである。これが詩作の変化が持つ、二つ目の意味である。

（五）おわりに

以上のことをまとめると、江州左遷によってもたらされる詩作の変化は、次のような二つの詩観の変化であったと言うことができる。一つは、当時の一般的な文学観から「逸脱」した詩を重視する態度から、「踏襲」した詩を重視する態度に変化したということである。そしてもう一つは「広く社会へ向けて書く」姿勢から、「個人や身内に向けて書く」姿勢へと変化したということである。この白居易の意識と、実際の作品数の変化の関係を表にすると次のようになる。

	当時の文学観を「踏襲」	個人や身内へ向けたもの	作品数の変化
A諷諭	×	×	激減
B閑適	×	○	大きな変化なし
C感傷	○	×	大きな変化なし
D雑律	○	○	大幅に増加

「諷諭詩」は、当時の文学観を「踏襲」したものではなく、また、「身内に向けたもの」でもなかったのでその作品数は江州左遷後に激減した。一方、「雑律詩」は、当時の文学観を「踏襲」し、かつ「身内に向けたもの」であったのでその作品数は大幅に増加したのである。なお、「閑適詩」は、当時の文学観を「踏襲」したものではないが、「身内に向けたもの」である。「感傷詩」は、ちょうどその反対になっている。このため、この両者には、その作品数に大きな変化は見られなかったのである。

　では、白居易の詩観はいかなる原因によって変化したのだろうか。最後にこの問題についてふれておきたい。いままでの研究者が指摘するように、まず第一に詩観の変化の裏には人生観や政治観に変化があったことが指摘できよう。すなわち、いままで中央官吏として政治の表舞台で活躍していた立場から、江州司馬という閑職に左遷された挫折感が、かれの詩観を変えるきっかけとなっているということである。しかし、もう一方で当時の社会全体の変化も密接に関わっていると考えられる。白居易が、江州左遷前に世間の人たちに嫌われながらも、高らかに従来の文学観から「逸脱」した詩を主張できたのは、杜甫や元結といった先駆者がいたからであり、何よりもそれを許容する社会があったからである。そして白居易が江州左遷以後に「逸脱」した詩を主張しなくなったのは、元和年間を境に社会が大きく変化し、求められるべき文学のあり方が変わったのではないかと推測できる。これについては中唐の文学論全体から、新たな検討を行う必要があろう。このことについては、今後の課題としたい。

注

（一）成田静香「『白氏長慶集』の四分類の成立とその意味」（『集刊東洋学』六一　一九八九）〔二七頁〕、成田静香「白居易の詩の分類と変遷」（『白居易研究講座』巻一勉誠出版社　一九九四所収）〔五三頁〕

（二）下定雅弘「白居易詩の転形期―江州時代から杭州時代へ―」（『白氏文集を読む』勉誠出版社　一九九六所収）

（三）白居易は、「元九に与ふるの書」の中で、『詩集』十五巻を編む際に「雑律詩」を四百首ほど収めたと述べている。成田静香氏はこれについて、古体詩（諷諭、閑適、感傷）と近体詩（雑律）を数の上でバランス良く収めようとした意図がある、と指摘している。（前掲前者の論文〔三六頁〕、後者の論文〔六〇～六一頁〕）成田氏の指摘は確かに当を得ている。しかし、元和十年以前に制作された「雑律詩」は、現存するものとしては二百六十二首しか確認できない。成田氏が指摘するように『白氏長慶集』を編む際か、あるいはそれ以前におおはばに削られたと考えられるが、本節では、元和十年の時点で白居易が実際のところどれぐらいの「雑律詩」を制作していたのかを知る手掛かりがないため、元和以前の「雑律詩」の制作数をひとまず現存する二百六十二首としておきたい。

（四）花房英樹『白居易研究』「第三章、文学の立場」（世界思想社　一九七一）〔三六〇頁〕

（五）堤留吉『白楽天研究』「第八章、文学理論とその主張」（春秋社　一九六九）

（六）平岡武夫「白氏文集の成立」（『東方学会創立十五周年記年東方学論集』一九六二所収）平岡武夫『白居易』（筑摩書房　一九七七）

（七）下定雅弘「白居易の「与元九書」をどう読むか？—「四分類」の概念の成立をめぐって—」（『白氏文集を読む』勉誠出版社　一九九六所収）〔二五六頁〕

（八）例えば白居易は、「元九に与ふるの書」の前半において「雑律詩」を「之を略するも可なり」と軽視する一方で、後半部では、我を忘れて友人たちと「雑律詩」の競作を試みたことを自慢げに語っており、白居易の言説は矛盾しているかのように見える。だが「感傷詩」「雑律詩」に対する言説は「諷諭詩」「閑適詩」と比べると極めて消極的になっている点に注意したい。

（九）川合康三「韓愈と白居易—対立と融和—」（『中国文学報』四一　一九九〇）〔七一頁〕

（一〇）「温柔敦厚」：詩には人民の心をおだやかにする働きがあるとする考え方。『礼記』経解篇には「孔子曰はく、其の国に入れば、其の教へ知るべきなり。其の人と為りや温柔敦厚なるは、詩の教へなり。（孔子曰、入其国、其教可知也。其為人也、温柔敦厚、詩教也）」とある。

（一一）「文を主として譎諫す」：詩を用いて諷刺をする場合、言葉のあやを用いてそれとなく表現しなくてはならないとする考え方。「毛詩大序」には「文を主として譎諫すれば、之を言ふ者は罪無く、之を聞く者は以て戒むるに足る。故に風と曰ふ（主文而譎諫、言之者無罪、聞之者足以戒。故曰風）」とある。

（一二）張少康、劉三富『中国文学理論批評発展史』（上）第十二章「皎然、白居易与中唐詩歌理論的発展」（北京大学出版社　一九

九五）〔三六〇頁〕該当部分は張少康氏が執筆。

（一三）このことは、第二章「伝統の継承にまつわる文学論」の論旨と矛盾するかも知れない。ただ儒家の伝統的な文学論と言っても実際には多様な面がある。恐らく白居易は儒家の文学論の中でも「美刺」のはたらきを重視していたのに対して、「温柔敦厚」のはたらきについてはそれほど重要視していなかったのだろう。これについては稿を改めて論じたい。

（一四）和田英信「白居易と「平淡」」（『白居易研究講座』第二巻　勉誠出版社　一九九四所収）〔三八二頁〕

（一五）喜びを歌う文学が、白居易以前に全くなかったというわけではない。和田氏も前掲論文で指摘するように喜びを歌う文学の先駆者には陶淵明がいる。だが陶淵明のような喜びを歌う文学が、彼が生きた六朝時代に一般的に広く作られていたのかというと、決してそうとは言えない。なお喜びを詠う陶淵明の文学の独自性について詳細に論じたものに三枝秀子氏の『たのしみをうたう陶淵明』（汲古書院　二〇〇五）がある。

（一六）「閑居偶吟招鄭庶子皇甫郎中」（『白氏文集』巻四）

（一七）白居易は他の詩文の中でもしばしば「艶」である文学を否定的に捉えている。例えば「和答詩」序の中でも、元稹に向かって自分の詩には「淫文艶韻」が一字も無いと言っている。しかし一方で白居易は友人の作った「艶」である律詩を称えてもいる。特に江州左遷後にこのような発言が目立つが、これは左遷後に白居易の詩観が変化したためだと考えられる。

（一八）陸機は「文賦」で「詩は思いを述べて華麗である（詩縁情而綺靡）」べきだと述べ、詩の修辞面を重要視している。また葛洪『抱朴子』鈞世篇も偏った復古主義を否定して、「昔はすべてのものが質素であったが、今はすべてに飾りが付いている。時が移れば世の中も変わるというのは、自然の理なのである（古者事事醇素、今則莫不雕飾。時移世改、理自然也）」と述べている。

（一九）成復旺主編『中国美学範疇辞典』（中国人民大学出版社　一九九五）「艶」の項〔三五八頁〕なお「艶」の項を全文を訳した

ものに大東文化大学人文科学研究所中国美学研究班・『中国美学範疇辞典』訳注第四冊（二〇〇六年度大東文化大学人文科学研究所報告書）（一五二～一五四頁）があり、参照した。

（二〇）静永健氏は、『白居易「諷諭詩」の研究』（勉誠出版社　二〇〇〇）第二章「詩集四分類の構想」において、詩集四分類は、「公」「私」の区別、すなわち「読み手の相違」によって分けられていると指摘している。静永氏の指摘は「読み手の相違」に着目しているという点で拙論と同じであるが、結論は真逆である。静永氏がこのような結論に至っているのは「元九に与ふるの書」で述べられる白居易の言説から離れて、実作のあり方に基づいて検討しているからである。拙論ではあくまで「元九に与ふるの書」における白居易の発言に忠実に基づいて、各詩がいかなる読み手を想定して書かれてたのかを捉えたい。

（二一）本節の検討から明らかになった詩集四分類の構造を示すと、次ページのような図になる。

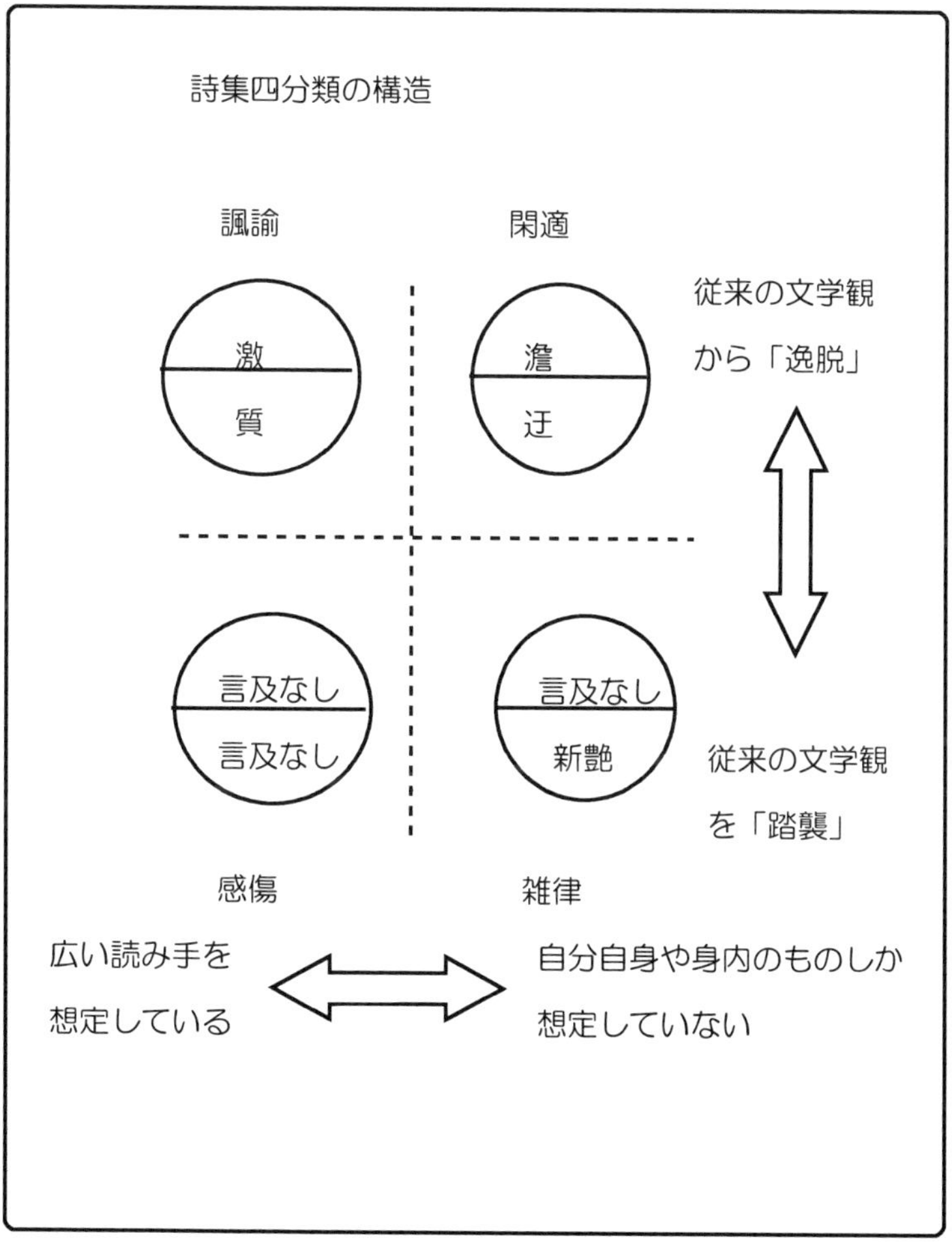
詩集四分類の構造
諷諭
閑適
激
質
澹
迂
従来の文学観
から「逸脱」
言及なし
言及なし
言及なし
新艶
従来の文学観
を「踏襲」
感傷
雑律
広い読み手を
想定している
自分自身や身内のものしか
想定していない

終章　まとめとこれからの課題

1

最後に小論の各章で論じたことをまとめ、これからの課題を提示してむすびとしたい。

まず一章では、日本と中国における白居易の文学論研究を概観し、それぞれの問題点を指摘した。そして白居易の文学論をいかに研究すべきかについて私見を述べた。

次に二章では、伝統の継承にまつわる白居易の文学論について論じた。白居易は『詩経』の精神に則った詩によって当時の乱れた文化を正し、安史の乱以後疲弊していた国家を立て直そうとしていた。特に白居易が詩文を制作する際に重視していたのは『詩経』にあったとされる「美刺」のはたらきであった。

第一節では、白居易が青年期から晩年期にかけて「美刺」のはたらきに着目して「采詩の官」を論じていることを明らかにした。ただし青年期は「美刺」の中でも特に「刺」のはたらきを重視していたのに対して、晩年期は「美」のはたらきを重視しており、詩観の変化が認められる。

第二節では、白居易・元稹らと、韓愈ら古文家の律賦観の違いについて論じた。白居易・元稹らも韓愈ら古文家も、ともに近年の科挙で作られる律賦には「美刺」に関わる思想内容が欠如している、という危機感を持っていた。ただしその中でも白居易・元稹らは「美刺」に関わる思想内容を表現した律賦も存在すると考え、律賦自体については肯定しているのに対して、韓愈ら古文家は律賦ではそもそも「美刺」に関わる思想内容など表現できないと見なして律賦自体を否定した。

続く三章では、伝統の革新にまつわる白居易の文学論について論じた。白居易は「賦の賦」で勅撰の律賦作品を批評する際に、『詩経』を越える美しさがあると高く評価し、伝統を越える新しい文学としての律賦の意義を高らかに掲げようとしていた。

最後に四章では、江州左遷によっておこる詩観の変化について明らかにした。一つは世間の価値観から「逸脱」した詩を重視する態度から、「踏襲」した詩を重視する態度になるという変化であり、もう一つは「広く社会に向けた詩」を制作する態度から、「せまく個人や身内に向けた詩」を制作する態度になるという変化である。そしてこのような詩観の変化によって、実作でも左遷を期に「諷諭詩」が激減し、「雑律詩」が増加しているのである。

青年期の白居易は当時流行していた文化を堕落したものと見なし、そのような状況に危機感を持っていた。そこで白居易は、『詩経』の伝統の継承し、さらにそれを革新させていくことによって乱れた文化を正し、国家を救い、新たな文化を築こうとしていた。ここには中唐時代の新興士大夫の強い自負があらわれていると言える。ただし江州左遷を期に白居易の詩観は大きく変化している。

2

小論では白居易が述べた言説を基に、主に彼の前半生の文学観を検討した。白居易が前半生にあらわした中心的な文学論は、概ね論じ得たものと思う。ただし小論には、以下の二つの不足点がある。第一には、白居易が前半生にあらわした理念が具体的にどのように実作に移されているのかを検討していないということである。また白居易がそのような理念を表明した背後にはどのような歴史的事実があったのかについて、十分な考察を加えていないということである。

以上の二つの不足点は、早急に検討しなくてはならない課題である。ただしまずは、白居易の文学理念を、彼自身が述べた言説に基づいて捉えなければ、その理念がいかに実作に反映されているのかを検討することはできないし、またそれがいかなる時代背景のもとで生まれたものであるかを考察することもできない。小論では白居易の文学理念を捉えることにひとまず専念したが、小論で行った検討は、これからの研究の足がかりとなるものである。

また小論では白居易の前半生の文学論を中心に検討したが、左遷以後の後半生の文学論については十分に検討していない。ここで後半生の文学論について少し述べておくと、左遷以後は特に仏教に傾倒するようになると言われている(一)。例えば白居易は五十六、七歳の時に書いた「道宗上人の十韻并びに序に題す」において、道宗上人の詩文を「予は始めて知る上人の文、義の為に作り、法の為に作り、方便智の為に作り、解脱性の為に作り、詩の為にして作らざるなり(予始知上人之文、為義作、為法作、為方便智作、為解脱性作、不為詩而作也)」と評価している。ここに見られる「義」「法」「方便智」「解脱性」とは仏教の遵守すべき道義や、目標とすべき最高の境地のことである。そして仏教の道義を伝えたり、最高の境地に達することを目的として作られた道宗上人の詩文を、すばらしいものと評価している。白居易が前半生にあらわした文学論の中で、ここまで仏教に傾倒したものは見出し得ない。

それでは後半生の文学論は、前半生の文学論と全く共通点がないのかというと、そうでもない。実は「道宗上人の十韻并びに序に題す」の表現は、青年期に書いた「新楽府の序」の「總じて之を言えば、君の為、臣の為、民の為、物の為、事の為にして作りて、文の為に作らざるなり(總而言之、為君、為臣、為民、為物、為事而作、不為文而作也)」をふまえている。「新楽府の序」と「道宗上人の十韻并びに序に題す」を比較すると、一方では国家や社会のために詩文を作るべきと述べているのに対して、もう一方では仏道を伝えるために詩文を作るべきと述べており、内容は全く異なるが、詩文の効用を重視しているという点では共通している(二)。

すなわち前半生の文学論と、後半生の文学論は著しく異なる一方で、共通する部分もある。白居易の文学論をトータルで捉えるためには、青年期から晩年期にかけていかなる点が変化し、いかなる点が変わらず一貫しているのかを明らかにする必要があろう。これについては今後の課題としたい。

さらには白居易の文学論を同時代人の文学論と比較し、白居易の文学論の独自性をより鮮明にする必要もあると考えている。例えば白居易と同様に伝統の継承と革新を関鍵に詩文を制作した中唐の詩人には、韓愈・柳宗元らもいる。ただし白居易は新楽府を提唱したのに対して、韓愈らは古文を提唱したという、見逃せない違いがある。こうした態度の違いはいったい何に基づくものなのであろうか。韓愈ら古文家の文学論と白居易の文学論は、いかなる部分が共通しており、いかなる部分が異なるのかを明らかにすることによって中唐の文学思潮全体がより鮮明に捉えられると言える。

さらには白居易の文学論のみではなく、彼の音楽論・画論・囲碁論についても検討を加え、白居易の美学思想全体を捉えたいと考えている。例えば白居易が音楽について論じた「復楽古器古曲」の策には「政失すれば則ち情失ひ、情失へば則ち声失す。而して哀淫の音、是れに由りて作る（政失則情失、情失則声失、而哀淫之音、由是作焉）」とある。すなわち、政治が荒んでいると、音楽も荒んだものになるということである。蹇長春氏によれば、(三)「復楽古器古曲」で述べられる、政治のあり方が文芸に反映されるという考えは、「採詩」の策の考え方と共通すると言う。

また絵画について論じた「画に記す」には「張氏子は天の和、心の術を得て、積みて行ひと為り、発して芸と為る。芸の尤なる者は、其れ画か。画に常工無く、似たるを以て工と為す。学に常師無く、真なるを以て師と為す（張氏子得天之和、心之述、積為行、発為芸。芸尤者、其画歟。画無常工、以似為工、学無常師、以真為師）」とある。すなわちここで白居易は、絵を描く上で「似」ていること、また「真」であることを重要視している。同じく蹇長春氏によれば、(四)「画に記す」で述べられる、文藝を創作する際に虚飾を廃し、真実を描かなくてはならないとする考えは「文章を議す」の策の主旨と一脈通じるものがあると言う。

これらを見ただけでも、音楽論や画論が文学論と深い関係があると言えそうである。論者はこれらをそれぞれ詳細に検討し、最終的には白居易の美学思想全体を捉えたいと考えている。

3

最後に文学論研究の意義をいま一度確認して小論をむすびたい。小論では日本において白居易の文学論は十分に研究されてこなかったことを指摘した。しかし考えてみれば、『文心雕龍』や『詩品』の研究を除くと、日本ではそもそも文学論研究自体が必ずしも十分になされていないと言える。例えば文学論や文学理論を専門とする学会はまだ日本には存在しない。また『日本中国学会報』の巻末に附される学界展望において「文学論」もしくは「文学理論」といった項目が設けられたこともない。それでは文学論を研究する意義は一体どこにあるのだろうか。川合康三氏は、『唐代の文論』―まえがきに代えて」(五)において次のような指摘をしている。

中国の外では理論がめざましく展開し、二十世紀の初めのロシア・フォルマリズムから始まって、四十年代のニュー・クリティシズム、カルチュラル・スタディーズ……、めまぐるしいまでに次々と出現する理論の潮流から、中国の文学論はすっぽり取り残されてしまっている。しかし中国古典文学の作品が世界の文学として普遍性をもつように、その文学論も西方にインパクトを与えうるような考え方を投げかけることはできないのだろうか。そんな夢想を抱きながらも、わたしたちはまず今日までのこされてきた中国の文論を精確に、厳密によむことから手を着けなければならない。その満足のいく理解すら、今はほど遠い段階なのだから。

近代以前の中国の文学論は、近代的な価値観とは異なる新たな考え方を我々に提示してくれる可能性があると言う。論者は、川合氏のこの指摘を念頭に置きつつ、白居易の文学論や美学理論の研究を行っていきたい。

注

（一）白居易の後半生は、仏教に対する傾斜が強いということを指摘したものには、花房英樹氏の『白居易研究』第三章「文学の立場」二、『詩魔』の吟詠」（世界思想社　一九七一）などがある。なお下定雅弘氏は「白居易詩における老荘と仏教―その『長慶集』から『後集』以後への変化について―」および「白居易の文における老荘と仏教―その『長慶集』から『後集』以後への変化について―」（いずれも『白氏文集をよむ』勉誠出版社　一九九六所収）において、壮年期から晩年期の白居易が、いかに老荘思想と仏教思想に傾斜していったのかを時代を追って検討している。

（二）この点については謝思煒氏は『白居易集綜論』「白居易的文学思想」五、真与妄（中国社会科学出版社　一九九七）〔三六四頁〕において、「道宗上人の十韻并びに序に題す」は「～の為」と述べている点において、政治・教化的効用を主張する文学論と共通する部分があると指摘している。

（三）蹇長春「白居易詩論的美学意義」（『白居易論稿』敦煌文芸出版社　二〇〇五所収）〔二六四～二六七頁〕

（四）注(三)を参照のこと。

（五）京都大学中国文学研究室『唐代の文論』「―まえがきに代えて」（研文出版　二〇〇八）〔五頁〕

付録　白居易の文学論にまつわる研究文献目録

〔前言〕

この目録は白居易の詩論・文章論・音楽論・画論・庭園美学に関する研究文献目録である。

日本の研究文献目録を制作するに当たっては、川合康三監修『中国文学研究文献要覧』〔古典文学一九七八～二〇〇七〕（日外アソシエーツ）及び下定雅弘「日本における白居易の研究（戦後を中心に）上―『文集』の校勘及び諷諭詩・「長恨歌」の研究―」（『帝塚山学院大学研究論集』二三　一九八八）・下定雅弘「日本における白居易の研究（戦後を中心に）下―閑適詩・詩風の変化・思想等についての研究―」（PACIFICA創刊号　一九八九）・下定雅弘「戦後日本における白居易の研究」（『白居易研究講座』第七巻　勉誠出版社　一九九八所収）・『白居易研究年報』（勉誠出版社）の各号の巻末に附されている、下定雅弘「日本における白居易の研究」を参照した。

中国の研究文献目録は、「文学批評史・文学史」「単著」「論文」に分類して記載した。「文学批評史・文学史」「単著」の場合は、該当の章を書名の左に明記した。また中国の目録を制作するに当たっては、河北北京師範学院中文系資料室・中国社会科学院文学研究所図書資料室編『中国古典文学研究論文索引』増訂本〔一九四九～一九六六〕（三聯書店　一九八〇）・『唐代文学研究年鑑』（広西師範大学出版社）の各号の巻末に附されている「論文索引」（一九九一年以前の号、九五、九六、九八年の号は未見）、京都大学人文科学研究所『東洋学文献類目』（ウェブ版）などを参照した。

〈日本篇〉

鈴木虎雄「白楽天の詩説」（『白楽天詩解』弘文堂・所収）
一九二七
堤留吉「文学の理論とその主張」（『白楽天研究』春秋社・所収）
一九六九
松浦友久「白居易の文学論」（「国語展望」別冊二十一、漢文研究シリーズ『白楽天と「白氏文集」』尚学図書）
一九七七
岩城宏道「白居易の詩論とそれに対する評価」（『香川大学国文研究』三）
一九七八
戸田浩暁「文章載道説の構築者と実践者―劉彦和と白楽天」（『國學院雜誌』八六）
一九八五

一九八七
高木重俊「白居易『元九に与うる書』──「諷諭詩」と「閑適詩」（伊藤虎丸・横山伊勢雄編『中国の文学論』汲古書院・所収）

一九八九
成田静香『『白氏長慶集』の四分類の成立とその意味」（『集刊東洋学』六一）

一九九〇
岡田充博「『詩魔』と『閑吟』─白居易における詩作への耽溺について」（『山下龍二教授退官記念中国学論集』研文社）

一九九一
静永健「白居易における詩集四分類についての一考察─特に閑適詩・感傷詩の分岐点をめぐって」（『中国文学集』二〇）

一九九三
笠征、張少康「白居易和中唐的詩歌理論」（『福岡大学人文論叢』二五（三））
成田静香「白居易の詩の分類と変遷」（『白居易研究講座』第一巻・勉誠出版社・所収）
興膳宏「白居易の文学観─『元九に与うる書』を中心に」（『白居易研究講座』第一巻・勉誠出版社・所収）

一九九四
静永健「白居易『秦中吟』の読者層―『新楽府』との比較を通じて」(『中国文学論集』二三)
下定雅弘「白居易の『与元九書』をどう読むか―四分類の概念の成立をめぐって」(『帝塚山学院大学研究論集』二九)
前川幸雄「白楽天の李杜観」(『上越教育大学国語研究』八)

一九九六
波戸岡旭「白居易『賦賦』について」(『國學院中国学会報』四二)

一九九七
諸田龍美「白居易『諷諭詩』に見る『情』と『倫理』の矛盾―『詩経』の美的価値の継承について」(『中国文学論集』二六)

一九九八
静永健「白居易『新楽府』の創作態度」(『久留米大学文学部紀要　国際文化学科編』一二・一三)
諸田龍美「白居易『風情』考―『一篇の長恨　風情有り』の真義について」(『九州中国学会報』三六)

二〇〇〇
静永健「詩集四分類の構想」(『白居易「諷諭詩」の研究』勉誠出版社・所収)
静永健「白居易「新楽府」の創作態度」(『白居易「諷諭詩」の研究』勉誠出版社・所収)

静永健「諷諭詩の読者層―「秦中吟」と「新楽府」―」（『白居易「諷諭詩」の研究』勉誠出版社・所収）

二〇〇二

土谷彰男「『理』の諸相―『是非』の価値対立における陶淵明、韋応物、白居易の異同」（『中国詩文論叢』二一）

二〇〇四

秋谷幸治「白居易の詩観の二つの変化―江州左遷期の詩作の変化をもたらしたもの」（『中唐文学会報』一一）

牛見真博「白居易『長恨歌』の自己評価について」（『中国言語文化研究』四）

二〇〇五

秋谷幸治「『采詩の官』の言説に見られる白居易の詩観―青年期から晩年期まで」（『大東文化大学中国学論集』二三）

二〇〇七

東英寿「白居易『策林』考―その構成と文体上の特色」（『白居易研究年報』八）

牛嶋憂子「白居易と琴楽―唐代士人に見られる礼楽思想の一側面」（『アジア文化』二十九）

二〇〇八

秋谷幸治「中唐の律賦をめぐる文学論―白居易とその同時代人の律賦観について―」（『大東文化大学中国学論集』二十六）

〈中国篇〉

一九二七

文学批評史・文学史

陳鐘凡『中国文学批評史』上海中華書局

第九章・隋唐批評史（六）白居易論詩義

一九二八

文学批評史・文学史

胡適『白話文学史』新月書店

第十六章「元稹　白居易」

一九三二

鄭振澤『挿絵本中国文学史』人民文学出版社

第二十七章「韓愈与白居易」

一九三四

文学批評史・文学史

郭紹虞『中国文学批評史』〈上〉（自先秦至北宋）商務印書館

第四目「白居易与元稹」

一九四三

文学批評史・文学史

羅根澤『中国文学批評史』商務印書館

隋唐文学批評史・第四章「元稹白居易的社会詩論」

一九四四

文学批評史・文学史

朱東潤撰『中国文学批評史大綱』開明書店

第二十「白居易　元稹」

一九五一

論文

游国恩「白居易的思想和芸術」（『人民日報』二月一一日）

雪原「白居易論詩的形式」（『甘粛日報』二月二二日）

一九五七

論文

質平「白居易詩歌的思想和芸術」(『語文教学通訊』(高中版) 四)
蕭文苑「論白居易的詩歌理論及創作」(『教学与研究匯刊』(人文) 三)
蕭文苑「簡論白居易的詩歌理論」(『文史哲』十二)

一九五八

文学批評史・文学史

劉大傑『中国文学発展史』中巻　古典出版社
第十五章　杜甫与中唐詩人　四　白居易的文学理論与作品

一九五九

文学批評史・文学史

郭紹虞『中国古典文学理論批評史』人民文学出版社(上)
第五章　隋唐五代　三　詩人的闘争　白居易
北京大学中文系五五級学生編『中国文学史』人民出版社
第八章「偉大的現実主義詩人白居易和新楽府運動」

一九六一

論文

馬茂元「略論白居易的文学思想―重読《与元九書》」（『文匯報』三月一五日）
李基凱・陳宝雲「白居易的現実主義論―兼与馬茂元先生商榷」（『文匯報』七月二六日）

一九六二

文学批評史・文学史

中国科学院文学研究所中国文学史編写組『中国文学史』人民大学出版社
　第八章「白居易和新楽府運動」

一九六三

文学批評史・文学史

游国恩主編『中国文学史』二　人民文学出版社
　第七章「現実主義詩人白居易和新楽府運動」

一九六四

文学批評史・文学史

復旦大学中文系古典文学教研究組『中国文学批評史』(上・中・下)上海古籍出版社
第三編　隋唐五代的文学批評　第二章　唐代中期的詩論　第二節　白居易

一九八一

文学批評史・文学史

敏沢『中国文学理論批評史』(上)(下)
第七章「李白・殷璠・杜甫・白居易等」第二節「白居易和新楽府運動」
周勲初『中国文学批評小史』長江文芸出版社
第四編「隋唐五代的文学批評」第二章「元稹、白居易和新楽府運動」

論文

顧学頡「白居易詩学杜甫一例」(『文史知識』三)
張連第「浅談白居易的現実主義詩歌理論」(『古典文学論叢』二)

一九八二

論文

彭勝雲「白居易的詩歌理論与政治主張—読《与元九書》」(『天津師大学報』六)
張継興「白居易中和美思想簡論」(『学術月刊』五)

一九八三

論文

梁道理「論白居易詩歌理論的非現実主義性」（『文学論集』六）

李湘「重評白居易詩論」（『河南師大学報（社会科学）』五）

王樹村「従《与元九書》看白居易対詩歌的認識和主張」（『文苑縦横談』七）

一九八四

論文

王汝梅「白居易的文学真実論—兼談小説理論的萌芽」（『文藝理論研究』一）

趙国存「試論白居易的諷諭詩理論」（『河北師院学報（哲学社会科学）』三）

一九八五

論文

周天「白居易的比興観—《白詩箋説》之五」（『文藝論叢』二一）

王啓興「白居易領導過『新楽府運動』嗎？」（『江漢論壇』十）

金学智「白居易《琵琶行》中的音楽美—兼談白居易的音楽美学思想」（『学術月刊』七）

陳銘「白居易詩以俗為美的審美観」（『学術月刊』十一）

一九八六

論文

謝孟「政治功利与白居易新楽府」(『学習与探索』四)

一九八七

文学批評史・文学史

成復旺・黄保真・蔡鐘翔『中国文学理論史』北京出版社

第二章・白居易与中唐詩論中的両大流派

羅宗強『隋唐五代文学思想史』上海古籍出版社

中唐文学思想・中篇「尚実、尚俗、勤尽的詩歌思想」

論文

歐陽忠偉「談白居易功利主義詩歌主張的両重性─兼与羅宗強先生商榷」(『上海師範大学学報(哲学社会科学)』三)

一九八八

論文

周彪「試論白居易詩歌理論及創作的矛盾変化」(『揚州師院学報(社会科学)』一)

一九九〇

論文

傅正谷「論白居易的楽舞詩和他的楽舞美学観」(『山西師大学報(社会科学)』二)

一九九一

論文

李秀蓬・田島「『感事而発』与訢志詠情—白居易詩歌与音楽美学思想比較研究之一」(『渭南師専学報』一～二)

李秀蓬・田島「補察時政与暢情適性—白居易詩歌与音楽美学思想比較研究之二」(『青海民族学院学報』二)

朱普明「白居易詩学浅論」(『合肥教育学院学報』三)

高国興・荘鴻雁「白居易詩歌理論述略」(『呼蘭師専学報』三)

任俊潮「白居易詩論雑論」(『渭南師専学報』三～四)

田島・李秀蓬「白居易音楽美学思想研究」(『西北師専学報』四)

史依紋「《詩経》精神対白居易詩歌創作的影響」(『中文自学指導』六)

王運熙「白居易詩論的全面考察」(『中華文史論叢』四八)

一九九二

論文

謝思煒「白居易的人生意識与文学実践」(『中国社会科学』五)

荊立民「白居易対中唐虚美文風的批判」(『中州学刊』五)

李玲・孔煥周「白居易的詩歌社会効能観」(『洛陽師専学報』二)

一九九三

論文

張少康「儒家民本思想和白居易的詩歌理論」(『東方論壇』四)
姚光義「情理相融—白居易詩歌審美観照」(『南通教師学報』一)
尚永亮「論白居易対屈原、陶潜的取舎態度及其意識傾向」(『中州学刊』二)
陳炎「重評《与元九書》」(『天府新論』一)
姚光義「兼済与独善—白居易詩歌二重理論」(『南通社会科学』二)

一九九五

文学批評史・文学史

張少康・劉三富『中国文学理論批評発展史』北京大学出版社
　第十二章「皎然、白居易与中唐詩歌理論的発展」
陳良運『中国詩学批評史』江西人民出版社
　第三篇「詩歌精神的升華与美学批評的崛起」・第十章「政教与審美結合的現実主義詩論」・「白居易的現実主義詩学綱領」

一九九六

文学批評史・文学史

王運熙・顧易生『中国文学批評通史』上海古籍出版社
　第四節「白居易」

論文

賈文昭「白居易論詩的審美特性」（『文芸理論研究』二）
賈文昭「白居易論詩的審美特性（二）―関於『直而切』」（『唐都学刊』四）
賈文昭「白居易『補察時政』説的評價問題―兼為『政教中心論』一弁―」（『唐都学刊』四）
程紅兵「試論白居易的后期思想」（『雲夢学刊』三）
王木「以情理解詩文二則」（『西南師大学報』三）
姚光義「白居易詩歌風格論―兼与銭鍾書先生商榷」（『淮海文匯』四〜五）
黄果泉「理性的掙扎―白居易的諷諭詩説復議」（『河南師大学報』六）

一九九七

単著

謝思煒『白居易集綜論』中国社会科学出版社
「白居易的文学思想」一、貶文与崇文　二、采詩伝説　三、諷諭理論与実践　四、情文与娯文　五、真与妄　六、詩芸観点

一九九八

論文

黄志輝「知人而論世、読詩以観心—白居易《追歓偶作》一解—」(『羊城晩報』一月一六日)
李名方「論白居易的詩歌理論和詩歌創作」(『華節師専学報』二)

一九九九

単著

唐暁敏『中唐文学思想研究』北京師範大学出版社
第六章「白居易的諷諭詩学思想」一、諷諭詩学概観　二、情、事詩説　三、詩歌史論　附、元稹的詩学思想

論文

楊光祖「白居易功利主義詩論的幾個問題」(『甘粛理論学刊』一)
唐澍・王叟「白居易被貶的真正原因及思想矛盾」(『西安教院学報』一)
顧学頡「白居易思想考」(『伝統文化与現代化』二)
鄭民興「簡論白居易諷諭詩論与創作」(『陝西経貿学院学報』三)

二〇〇〇

文学批評史・文学史

陸耀東主編・喬惟徳・尚永亮著『唐代詩学』湖南人民出版社
第四章「創作論」五、元白詩派尚俗写実重諷諭詩詩歌創作観

論文

簡徳彬『洩導人情』論与『白居易現象』（『益陽師専学報』二）
唐暁敏「白居易諷諭詩的創作主旨」（『北京第二外国語学院学報』二）

二〇〇一

論文

李俊「白居易元稹対杜甫理解的差異」（『唐都学刊』一）
賈文昭「白居易的『比興』説」（『唐都学刊』二）
李沢淳「白居易的文芸美学思想簡論」（『沈陽師院学報』三）
胡建次「中国古典詩学批評中的白居易論」（『衡陽師院学報』四）

二〇〇二

論文

劉鉄峰「従社会性和時代性本質看白居易詩論的価値」（『曲靖師学院報』二）
岳毅平「白居易的園林芸術法則初論」（『西北大学学報』四）
趙栄蔚「論白居易后期閑適詩歌的創作心態」（『陰山学刊』四）
岳毅平「論白居易的園林景観説」（『淮北煤師院学報』五）
陳允鋒「白居易尚俗詩学観新探」（『寧夏社会科学』六）

二〇〇三

論文

汪雪梅「惟歌生民病、願得天子知—論白居易諷諭詩的創作思想」(『巣湖師院学報』一)
呉亜萍「中唐社会変化対白居易詩歌美学的影響」(『常州師専学報』一)
劉瑞芝「『狂言綺語』源流考」(『浙江大学学報』三)

二〇〇四

論文

陳允鋒「詩楽合一観与白居易的諷諭詩創作」(『寧夏社会科学』四)
魏季鳴「談白居易的音楽思想」(『咸寧学院学報』四)
呉建民「白居易的詩歌理論系統」(『通化師範学院学報』九)

二〇〇五

単著

蹇長春『白居易論稿』敦煌文芸出版社
中篇「詩論与創作」・「白居易詩論的美学意義」

論文

白振有「白居易《与元九書》的詩論主張評析」(『延安教院学報』二)
彭曙蓉「白居易与劉勰《文心雕龍》主要文学思想的比較」(『貴州文史叢刊』三)
呉加才「簡論白居易的詩歌理論」(『揚州教院学報』四)
戈暁毅「大楽必和：白居易音楽美学思想深析」(『江海学刊』六)
陳清雲「情発於中　文形於外—従《与元九書》《序洛詩》看白居易的創作原則」(『語文学刊』七)
包通法「宋詩学観照下白居易詩歌『浅、清、切』詩性体識与翻訳」(『外語与外語教学』十二)

二〇〇六

文学批評史・文学史

張少康『中国文学理論批評史教程』北京大学出版社
　第九章「唐代後期文学理論批評不同流派分化与発展」第一節、白居易和社会学派的文学理論批評
袁済喜『新編中国文学批評発展史』中国人民大学出版社
　第四編　隋唐文学批評　第十五章　中晩唐詩学批評　第二節　白居易的詩論

論文

周暁音「論白居易対詩歌効能的体識」(『南京広播電視大学学報』一)
朱広涛「曲折有致、理趣鮮明—白居易《放言五首》其三賞読」(『語文知識』二)
張永華「談白居易的文学創作主張」(『河北北方学院学報』二)
陳允鋒「《文心雕龍》与白居易的文学思想」(『南陽師範学院学報』二)

黄煜「《容斎随筆》中的白居易」（『中国韻文学刊』三）
蘇愛民「試析新旧《唐書》対白居易評価差異之原因」（『焦作大学学報』三）
李娟「略論白居易前期的『兼済』思想」（『吉林省教育学院学報』四）
王宏林「論沈徳潜対白居易的評論」（『河南教育学院学報』五）
王志成「白居易的音楽美学思想」（『人民音楽』八）

二〇〇七

論文

文佳「宋代詩学批評視野中的白居易論」（『銅仁学院学報』一）
于慧「再現芸術的生命力―兼談白居易諷諭詩論的創新」（『名作欣賞』四）
張煜「白居易《新楽府》創作目的、原型等考論」（『北京大学学報』五）
王志清「大巧之拙　非工而工―白居易《正月三月閑行》薦読」（『名作欣賞』六）

初出誌一覧

第一章　日本と中国の白居易の文学論研究の概要とその問題点

第一節　日本における白居易の文学論研究

第二節　中国における白居易の文学論研究

書き下ろし

第二章　伝統の継承にまつわる白居易の文学論

第一節　「采詩の官」にまつわる言説について

原題「「采詩の官」の言説に見られる白居易の詩観―青年期から晩年期まで―」（『大東文化大学中国学論集』第二十三号　二〇〇五年）

第二節　律賦や科挙の詩文にまつわる言説について

原題「中唐の律賦をめぐる文学論―白居易とその同時代人の律賦観について―」（『大東文化大学中国学論集』第二十六号　二〇〇八年）

第三章　伝統の革新にまつわる白居易の文学論

第一節　「賦の賦」の限韻「賦者古詩之流」について
原題「「賦者古詩之流」をめぐって—白居易「賦の賦」の理解の手がかりとして—」（『大東文化大学中国学論集』第二十七号　二〇〇九年）

第二節　「賦の賦」で述べられる賦観について
書き下ろし

第四章　左遷前と左遷後の詩観の変化

第一節　「白居易の詩観の二つの変化—江州左遷期の詩作の変化をもたらしたもの—」
原題「白居易の詩観の二つの変化—江州左遷期の詩作の変化をもたらしたもの—」（『中唐文学会報』第十一号　二〇〇四年）

以上である。本書をまとめるにあたり、全体的に加筆、修正した。

あとがき

本書「白居易文学論研究―伝統の継承と革新―」は、大東文化大学大学院文学研究科博士号請求論文（題名同じ）に加筆、修正をして、全体をまとめ直したものです。博士号請求論文は、二〇〇四年から二〇〇九年に発表した論文より成っています。最初に発表した論文は第四章・第一節の「白居易の詩観の二つの変化―江州左遷期の詩作の変化をもたらしたもの―」（原題も同じ）です。この論文は、二〇〇三年に東北中国学会（秋田大学）と日本中国学会（筑波大学）で発表した内容をまとめて、二〇〇四年の中唐文学会報（十一号）に投稿したものです。東北中国学会で司会をしていただいた植木久行先生、日本中国学会で司会をしていただいた下定雅弘先生には大変お世話になりました。また成田静香先生、静永健先生からも貴重なご指摘、ご助言をいただきました。特に下定先生からは、文学論を研究する場合においても、白居易の詩文や生涯全体を大きく視野に入れる必要があること、そして白居易の言説の中に見られる矛盾や葛藤を丁寧に読み解く大切さをご指摘いただきました。ただ本書では下定先生にご指摘いただいたことが十分にはクリヤーできていないと思います。忸怩たる思いですがこれらについては今後の課題としたいと考えています。

日本中国学会で発表した後は、研究の方向性が定まらず、暗中模索の状態でしたが、二〇〇六年の九月から二〇〇七年の七月まで清華大学の人文学院（高級進修生・大東文化大学奨学金）に留学する機会を得ました。白居易の専門家である謝思煒先生をはじめとして、日中比較文学の雋雪艶先生、文献学の劉石先生には、つたない中国語しかしゃべれないにも関わらず本当に親身にご指導いただきました。清華大学の授業で特に印象に残っているのは、教員と学生同士のディスカッションです。（確か「六経注我、我注六経」〔陸象山の言葉〕の意味について二時間近くディスカッションしていたと記憶しています）疑問に思った語句は、一言一句ゆるがせにせず、とことん議論する姿勢に心を打たれました。清華大学で学んだことは、本書でも活きていると思います。

指導教官の門脇廣文先生には、大変お忙しい中、博士論文の主査を担当していただき、さらには本書のために序文を書いていただきました。本当にありがとうございました。門脇先生には学部時代から十年以上に渡って本の読み方、論文の書き方、発表の仕方などを徹底的に鍛えていただきました。先生のご指導があったからこそ、私はここまで勉強を続けてこられました。また副査の三浦國雄先生、中川諭先生からは口頭試問の際に両先生のご専門の立場から貴重なご助言をいただきました。本書ではそれを反映させていただきました。先生方に改めて心より御礼申し上げます。

またゼミや院生会のメンバーには普段からいろいろな場面でアドバイスをいただきました。お互いの研究テーマについて議論し合える環境の中で勉強できたことはこの上なく幸せであったと思っています。

最後になりますが本書の出版を快諾して下さった汲古書院の石坂叡志社長にこの場を借りて御礼申し上げます。また編集部の柴田聡子さんには予定よりも入稿が大幅に遅れて大変ご迷惑をおかけしました。校正で多くの疎漏を修正して下さり、ありがとうございました。

平成二十四年三月

秋谷幸治

書名・作品索引

ワ行

人名索引

著者略歴

秋谷　幸治（あきや　こうじ）

1978年埼玉県生まれ。2001年３月大東文化大学文学部中国文学科卒業。2003年３月同大大学院文学研究科中国学専攻博士課程前期課程修了。同大大学院博士課程後期課程在学中、2006年９月から2007年７月まで清華大学人文学院に高級進修生（大東文化大学大学院・奨学金留学）として留学。2010年３月同大大学院文学研究科中国学専攻博士課程後期課程修了。博士（中国学）。現在、大東文化大学、国士舘大学にて非常勤講師を勤める。

白居易文学論研究
―伝統の継承と革新―

平成二十四年七月十八日　発行

著者　秋谷幸治
発行者　石坂叡志
整版印刷　モリモト印刷

発行所　汲古書院
〒102-0072　東京都千代田区飯田橋二―五―四
電話〇三（三二六五）九七六四
FAX〇三（三二二二）一八四五

ISBN978-4-7629-2983-0　C3090